글삶 장편 소설

FUSION FANTASTIC STORY

세상을 다가져라

GET ALL THE WORLD

세상을 다 가져라 4권

글삶 장편 소설

초판 1쇄 찍은 날 § 2015년 4월 16일
초판 1쇄 펴낸 날 § 2015년 4월 22일

지은이 § 글삶
펴낸이 § 서경석

편집부장 § 권태완
편집책임 § 이창진

펴낸곳 § 도서출판 청어람
등록번호 § 제387-1999-000006호
등록일자 § 1999. 5. 31
어람번호 § 제1-2103호

주소 § 경기도 부천시 원미구 부일로 483번길 40 서경B/D 3F (우) 420-822
전화 § 032-656-4452 팩스 § 032-656-4453
http://www.chungeoram.com
E-mail § chungeorambook@daum.net

ISBN 979-11-04-90202-4 04810
ISBN 979-11-04-90120-1 (세트)

CONTENTS

제31장　칼리고 발터의 초대장　　　　　　　7

제32장　세계를 움직이는 사람들　　　　　25

제33장　세계를 향한 선전포고　　　　　　43

제34장　칼리고 발터　　　　　　　　　　69

제35장　거물? 아니, 괴물　　　　　　　　85

제36장　까놓고 말씀들 해보시죠　　　　105

제37장　세상을 움직이는 것　　　　　　123

제38장　왜요? 한국에 무슨 일 있습니까?　137

제39장　제국 건설의 시작 Ⅰ　　　　　　159

제40장　대체 무슨 꿍꿍이속인가?　　　　181

제41장　제국 건설의 시작 Ⅱ　　　　　　203

제42장　한국인이 되어주십시오　　　　　233

제43장　세상에 믿을 나라가 어디 있다고　249

제44장　내 사전에 올인은 없다　　　　　267

제45장　지젠느 특수경호대　　　　　　　287

세상을
다가져라
GET ALL
THE WORLD

제31장
칼리고 발터의 초대장

미 대사관에서 돌아온 혁준은 한층 더 이민 준비에 박차를 가했다.

주식이나 부동산은 대부분 그냥 뒀지만 기가스 테크놀로지의 이름으로 진행했던 사업들은 미국 법인으로 전환할 건 전환하고 또 매각할 건 매각해서 싹 정리를 했다.

별로 벌인 것도 없는 줄 알았는데 막상 정리를 시작하고 보니 처리할 것이 꽤 많았다.

그 모든 걸 마무리하는 데 석 달 정도가 소요되었다.

혁준은 그길로 바로 미국행 비행기에 몸을 실었다.

그렇게 미국에 도착하니 차유경이 마중 나와 있었다.

"드디어 세계의 중심에 오셨군요."

차유경의 의미심장한 말에 혁준은 슬쩍 입꼬리를 말아 올리는 것으로 대답을 대신했다.

그나저나 정말 오랜만에 본다.

오랜만에 그녀를 보니 더 반갑기도 하지만 새삼 그녀가 참 보기 드문 미녀라는 걸 깨닫게 된다.

그녀의 얼굴을 보는 것만으로도 미국에서의 새로운 삶이 희망적이게 느껴진다고나 할까?

아무튼 차 안에서부터 차유경의 보고가 바로 이어졌다.

그간 그녀가 기가스 컴퍼니의 이름으로 미국에서 추진한 일들이었다.

현장을 같이 둘러보니 한국에서 그냥 보고서로 접할 때와는 그 느낌이 사뭇 달랐다.

고작 1년도 안 되는 짧은 시간 동안 정말이지 놀라울 만큼 많은 것들이 진행되고 마무리되어 있었다.

기술단지 건설도 상당히 빠르게 진척되고 있었고 기술진도 모두 갖추었다. 기획부터 영업, 세무, 회계에 이르기까지 필요한 모든 직원을 뽑아 회사의 골격을 이미 튼실하게 세운 상태였고 얼마 전에 언질을 줬던 자체 공정을 위한 26개의 공장 매입도 모두 마쳤다.

거기에 혁준이 살 집부터 바보 삼형제와 성재의 부모가 살 집까지, 경비나 보안 등 세심한 곳까지 그녀의 손이 닿지 않은 곳이 없었다.

그 짧은 시간에 이 많은 일들을 어떻게 다 한 건지 의아할 지경이다.

"차 실장님, 잠은 자고 일합니까?"

"예?"

한참 혁준에게 그동안 미국에서 추진했던 사업들을 보고 중이던 차유경은 혁준의 갑작스러운 말에 어리둥절한 표정을 한다.

"아니요, 혼자서 이 많은 일을 다 했다는 게 좀 놀라워서요."

"대표님께서 언제고 미국으로 오시게 될 거라 생각했으니까요."

"아무리 그래도……."

"그리고 대표님이 미국에 오시기 전에 최소한의 준비는 갖춰놓아야 하는 게 제 일이니까요. 물론 저 혼자 힘은 아니었어요. 제일린의 도움이 컸죠. 필요한 법적 행정적 절차를 그녀가 다 처리해 줬으니까요."

그렇다고 해도 그저 대단하다는 말밖에는 나오지 않는다.

'쯔쯔, 이런 대단한 인재를 복사기나 돌리게 했으니…….'

새삼 90년대 한국의 보수적이고도 폐쇄적인 시대 상황을 절감하게 된다.

한국을 떠나오길 잘했다는 생각도 새삼 다시 든다.

어쨌든 차유경의 노력 덕분에 별다른 공백 없이 바로 일을 시작할 수 있었다.

그렇게 미국에 도착해서 혁준이 가장 먼저 한 일은 앞으로 개발할 신기술을 고르는 일이었다.

아니, 정확히는 일차적으로 세계에 공개할 기술 분야를 선택하는 것이었다.

지금까지는 현도를 무너뜨리는 데에만 초점을 맞춘 터라 너무 주먹구구식인 데다가 무질서했고 그래서 비효율적이었다.

이제부터는 각 분야별로 보다 체계적이고 효율적으로 일을 진행해 나갈 생각이었다.

'첫 번째니만큼 세계 시장을 제대로 놀라게 할 만한 것이어야 하는데…….'

그만한 임팩트를 주기에는 역시 전자와 IT분야만 한 것이 없었다.

TV부터 컴퓨터, 핸드폰까지, 전자와 IT 쪽이라면 세상을 충격에 휩싸이게 할 만한 것이야 얼마든지 있다.

'구린 똥컴이나 만지고 있는 것도 이젠 지긋지긋하고.'

그렇게 첫 스타트로 전자 IT 분야로 결정을 한 혁준은 스마트폰으로 그와 관련된 기술들을 찾았다.

그리고 그렇게 고른 신기술을 우선 제공할 기업을 물색했다.

물론 우선 제공할 기업은 필립 하비브의 요구대로 미국 기업이었다.

그렇게 몇 군데를 정한 그는 바보 삼형제에게 제품 개발을 맡기는 한편으로 시장에 나와 있는 그 기업들의 주식도 최대한 끌어모았다.

이왕 본격적으로 사업을 시작하기로 한 거면 기술 제공으로 얻을 수 있는 건 최대한 얻겠다는 마인드였다.

그렇게 신기술을 물색하랴, 파트너 기업을 선택하랴, 주식 끌어모으랴 정신없이 바쁘게 지내던 중이었다.

그러던 어느 날, 차유경이 평상시와 다르게 어딘지 흥분한 모습으로 혁준을 찾아왔다.

지나치게 차분해서 재미없기까지 했던 차유경의 어딘지 격앙되고 또 어딘지 들뜬 듯한 모습이 낯설어서 혁준이 의아해하며 물었다.

"무슨 일입니까?"

"초대장이 왔어요."

"초대장이요?"

"예. 발터그룹에서 온 파티 초대장이에요."

"발터그룹이라면……."

발터그룹이라면 혁준도 익히 들은 바가 있는 이름이었다. 미국에 본사를 둔 세계 굴지의 다국적기업이었다.

"뭐 그런데 그게 그렇게 대단한 일입니까?"

세계 굴지의 다국적기업이라고 해도 고작 초대장 하나에 차유경이 이렇게 흥분한다는 게 잘 이해가 되지 않았다. 세계 굴지의 기업은 아닐지라도 한국 굴지의 기업들이, 그 오너들이 머리를 조아리던 혁준이 아니던가.

"그게 초대장을 보낸 사람의 이름이……."

"……?"

"칼리고 발터예요."

"칼리고 발터?"

어렴풋이 들어본 듯도 한 이름이긴 한데 기억은 나지 않았다.

혁준이 여전히 의아해하자 차유경이 답답하다는 듯 말했다.

"발터그룹을 포함해서 석유, 철강, 철도, 광산, 산림, 은행까지… 그 경제력이 미국 전체 경제의 1.5퍼센트를 차지한다고 알려진 발터 가문의 실질적인 주인이 바로 칼리고 발터예요. 그런 사람이 지금 대표님께 직접 파티 초대장을 보내온 거라구요."

하지만 차유경의 그 같은 흥분이 여전히 잘 와 닿지가 않는 혁준이다.

오히려,

'그래서 그게 뭐?'

그 말이 목구멍까지 올라오는 걸 간신히 참았다.

그 말을 했다가는 차유경이 '꽥!' 소리라도 지를 것 같은 분위기였기 때문이다.

*　　　*　　　*

칼리고 발터에 대한 설명은 그 후로도 한참이나 더 이어졌다.

좀처럼 흥분을 감추지 못하는 차유경을 보며 혁준은 칼리고 발터란 사람에 대해서 새삼 호기심이 이는 한편으로 차유경에 대한 신선함을 느꼈다.

'차 실장님한테 저런 소녀다운 모습도 있었군.'

워낙에 똑 부러지는 사람이라서 지금까지는 약간 어렵기도 했고 거리감도 느껴진 것이 사실이었다.

하지만 지금 저렇게 조금은 수다스럽고 조금은 호들갑스

러운 모습을 보자니 새삼 여자로도 느껴지고 귀엽다는 생각
도 들었다.

하긴, 어딜 가도 돋보이는 미모다. 거기다 똑똑하고 사려
깊고 현명하기까지 한데 정상적인 남자라면 저런 재색겸비의
미녀가 여자로 안 느껴질 리가 없었다. 그리고 혁준은 지극히
정상적인 남자였다.

그동안은 상황들이 워낙에 급박하게 돌아가는 통에 그런
걸 생각할 마음의 여유가 없었던 것뿐이다.

잠시 더 감상하듯 차유경을 보던 혁준이 자리에서 일어섰
다.

"가죠."

혁준의 행동이 갑작스러웠는지 차유경이 흠칫하며 혁준을
보았다.

"어딜요?"

"칼리고 발터인지 헬리코박터인지, 아무튼 그 사람이 그렇
게 대단한 사람이라면 파티에 오는 사람도 다들 이 나라에서
행세깨나 하는 양반들일 거 아닙니까?"

"물론입니다. 미국을 움직이는 사람들은 다 모이는 자리입
니다."

"그런 대단한 사람들이 모이는 자리인데 첫선을 뵈는 자리
에 체면 안 서게 아무렇게나 후줄근하게 입고 나갈 수는 없잖

아요. 최소한 급에 맞는 옷은 입어줘야죠."

혁준의 말이 틀리지 않다고 생각한 차유경은 곧바로 혁준과 함께 애틀랜타로 향했다.

미국 최고의 커스텀 테일러, 즉 수제 신사복점이 거기에 있었던 것이다.

그렇게 애틀랜타로 향하는 길에 혁준이 불쑥 말했다.

"그나저나 차 실장님이 꽤 오랫동안 미국에서 사셨다는 게 이제야 좀 실감이 나네요."

불쑥 던져온 혁준의 말이 잘 이해가 안 된다는 듯 고개를 갸웃거리는 차유경이다.

"무슨 말씀이세요?"

"한국에선 한국 최고의 기업주들을 직접 대면할 때도 눈 하나 깜빡 안 하시던 분이 칼리고 발터라는 사람의 초대장에 그렇게 들떠하시는 것을 보면 말입니다."

"그건 정말로 발터 가문이 대단한 곳이라……."

"그러니까 말입니다. 미국에서 사시는 동안 발터 가문의 영향력을 그만큼 직접적으로 느껴보셨다는 것이 아닙니까?"

혁준의 말대로였다.

하버드에서 4년, 보스턴 컨설팅그룹에서 2년. 그렇게 미국에서 보낸 6년은 그녀가 세상에 대해 눈을 떠가던 바로 그 시기였다.

알에서 나온 병아리가 처음으로 보게 되는 생명체를 어미로 인식하는 것처럼 미국에서 처음으로 세상에 대해 알게 된 그녀에게 발터 가문은 그러한 존재였다. 미국 경제 전반에 걸쳐 그 영향력을 행사하고 있던 발터 가문은 그녀의 뇌리에 그만큼 강렬한 인상으로 남을 수밖에 없었다.

특히나 그녀는 학부에서 경제학을 전공한 상태다. 그렇다 보니 지금의 발터 가문을 있게 한 입지전적인 인물인 칼리고 발터에 대해서는 각종 논문을 통해서 그 신화적인 업적들을 숱하게 접했었다.

그녀에게 칼리고 발터는 그야말로 이야기 속의 영웅이었고 위인전 속의 위인이었던 것이다.

그러고 보면 그런 대단한 인물이 혁준에게 직접 초대장을 보냈다는 것이 새삼 놀라웠다.

그만큼 지금 혁준이 세계인의 주목을 받고 있다는 뜻이다.

차유경은 새삼스러운 눈으로 혁준을 보았다.

혁준이 가진 부와 힘을 누구보다도 잘 알고 있는 그녀였지만 칼리고 발터라는 거인의 이름과 더불어 이렇게 직접적인 형태로 다가오니 가슴 떨리도록 선명하게 실감이 났다.

어느 부분에서는 혁준의 가족이나 바보 삼형제보다도 그에 대해 더 많이 알고 있다고 자부하는 그녀였는데 돌이켜 생각해 보면 혁준이란 사내에 대해서, 그리고 그가 만들어가고 있는 세계에 대해서 오히려 낮추어 보고 있었던 게 아닌가 하는 생각마저 들었다.

'나이… 때문일까?'

어디까지나 자신의 고용주로 대하려고 했지만 역시 자신보다 어리다는 것이 어쩔 수 없이 선입견을 심어준 모양이었다.

하지만 칼리고 발터라는 이름 앞에 그 선입견이 지금 이 순간 산산이 부서져 내리고 있었다. 그렇게 선입견이 사라진 눈으로 자신의 고용주를 보니 권혁준이란 남자가 유난히 커 보였다.

괜스레 가슴이 두근거리기도 하고 심박수도 빨라진다.

왠지 얼굴도 화끈거리는 것 같다.

'내가 왜 이러지?'

그 갑작스러운 변화를 낯설어하는데,

"왜 그러십니까?"

혁준이 의아해하며 물어왔다.

혁준이 빤히 그녀를 보고 있자 더 한층 얼굴이 화끈거렸다.

왠지 부끄러운 마음에 급히 혁준의 눈을 피하며 고개를 돌렸다.

"아, 아니에요."

"……?"

워낙 당황해하는 기색이 역력해서 더욱 의아한 눈으로 차유경의 얼굴에 뚫어져라 보는 혁준이다.

그만큼 차유경의 얼굴은 발갛게 달아오르고 있었다.

만일 목적지에 조금만 더 늦게 도착을 했더라면 차유경의 얼굴은 그야말로 잘 익은 사과처럼 변했을지도 몰랐다.

아무튼 그렇게 애틀랜타에 도착한 혁준이 차유경을 따라 들어간 곳은 주니엘이라는 곳이었다. 미국 대통령도 단골이라 할 만큼 최고의 명성을 가진 수제 신사복점으로 턱시도 하나에 수천만 원을 호가한다고 한다.

벤츠 하나를 사는 데도 법인 명의니 개인 명의니 꼼꼼히 따지던 그녀였다. 그런 그녀가 옷 한 벌에 수천만 원이나 하는 가게로 자신을 데리고 온 것이 사실 좀 의외였다.

"그때와 지금은 다르잖아요. 이제부터 대표님은 사치가 의무이자 명함인 세계에서 살게 될 테니까요. 앞으로는 마음껏 사치를 부리셔도 돼요. 대표님이 사치를 부리는 만큼 세상은 대표님을 신뢰하게 될 거예요."

한국이라는 사회가 그런 거라면서, 검소와 겸손을 강조하며 늘 깐깐하게 굴던 그녀가 미국 땅을 밟자마자 마음껏 사치를 부리라고 하니 기분이 좀 묘했다. 일종의 해방감 같은 것이 느껴지기도 하고 인정을 받은 것 같은 기분이 들기도 했다.

"알겠습니다. 이제부턴 마음껏 돈 지랄 좀 해보죠."

혁준이 짓궂게 웃었다.

"그럼 그 기념으로 첫 번째 돈 지랄은 차 실장님께 할 테니까 사양하지 마십시오."

"무슨……?"

"여기서 내 옷 맞추는 대로 바로 차 실장님 드레스도 맞추러 가죠."

"제 드레스라뇨?"

"파티에 입고 갈 만한 드레스 없잖아요?"

"…저더러 그 파티에 같이 가자는 거예요?"

"그럼 안 가려고 했어요?"

"……."

"거참, 이봐요 차 실장님. 설마 영어 한마디 못 하는 저더러 통역도 없이 양코배기들을 만나러 가라는 건 아니겠죠?"

"……."

"명색이 기가스 컴퍼니 대표의 파트너로 같이 가는 건데, 당연히 그에 걸맞은 드레스 정도는 입고 가줘야 제 체면이 설 것이 아닙니까? 그러니 사양 마십시오. 이것도 다 일의 일환이니까."

혁준이 미국에서 한 첫 번째 돈지랄은 확실히 과한 감이 없갖아 있었다.

신사복과 여성 드레스의 가격 차이는 컸다.

미화로 18만 달러.

현재 환율로 따지면 원화로 대략 1억 4천만 원.

혁준의 체면과 직결되는 일이라 차마 거절도 못 하고 그렇다고 그대로 얻어 입자니 지나치게 큰 선물인지라 차유경이 무척이나 곤혹스러워하고 난감해한 것은 말할 것도 없다.

하지만 그런 차유경을 보는 혁준은 그저 즐겁기만 했다.

역시 눈이 즐겁다.

지금껏 정장 림만 보아오다 드레스를 입은 차유경을 보니, 그것도 억 단위를 넘어가는 고가의 명품 드레스를 입고 있으니 그야말로 눈이 휘둥그레 떠질 만큼 아름다웠다.

차유경의 미모야 충분히 인지하고 있던 바였지만 드레스를 입고 나타난 그녀는 정말이지 여신처럼 빛나 보였다.

'화장발, 조명발, 사진발 등등 온갖 발 중에 뭐니 뭐니 해도 가장 으뜸은 옷발이라더니……'

옷 하나로 사람이 이렇게도 달라 보인다.

그런 차유경을 보고 있자니 조금은 엉뚱하면서도 남자라면 누구나 생각할 만한 욕구가 불쑥 솟구쳐 올랐다.

'음… 다른 것도 좀 입혀볼까? 이미지상 경찰복도 잘 어울

릴 것 같은데… 간호사복도 나름… 어쩌면 교복도 꽤나…크
으! 메이드복은 아주 죽음일지도…….'

상상만으로도 절로 입이 헤벌쭉해지는 혁준이다.

하지만 혁준이 설마 자신을 보며 그런 야한 상상을 하는
줄은 생각도 못 하고 있는 차유경은 그저 이 비싼 선물을 이
대로 받아야 할지 말아야 할지 온통 그 고민에만 빠져 있었
다.

제32장

세계를 움직이는
사람들

그렇게 파티 날이 다가왔다.

발터 가문에서는 파티장이 있는 아칸소까지 혁준이 편하게 올 수 있도록 전용기까지 보내주었다.

전용기를 보내준 것 자체도 놀라웠지만 그 전용기란 것도 흔히 TV에서 보던 것들과는 차원이 다른 것이었다. 외형은 컸고 내부는 외부에서 보던 것보다 더 넓었다.

또한 상당히 고급스럽고 세련돼서 혁준도 연신 감탄을 연발할 정도였다.

지금까지 차유경에게 발터 가문에 대해서 귀가 따갑도록

들었지만 지금처럼 그 이름이 크게 느껴진 적이 없었던 것 같 았다.

"우리도 이런 거 하나 사죠."

"예?"

"이런 전용기 하나 삽시다. 마음껏 사치 부려도 된다면서 요?"

"그야 그렇지만… 그래도 이건…….."

"어차피 앞으로 사업을 하다 보면 이 넓은 미국 땅을 다 누 비고 다녀야 할 텐데 그러자면 전용기 하나 정도는 있어야 하 지 않겠습니까? 게다가 이렇게 남의 전용기나 얻어 타고 다니 는 것도 영 체면이 안 서고. 까짓것 그냥 사요. 뭐 얼마나 한 다고……. 근데 이런 거 얼마나 하죠? 이왕 사는 거면 최고 중 의 최고로 사고 싶은데."

'뭐 얼마나 한다고……' 라고 말할 수준은 절대 아니었다.

무려 5백억 정도는 하는 걸로 알고 있었다.

워낙에 덩치가 커서 일순 어이없다는 생각을 하긴 했지만, 다시 생각해 보니 5백억이면 지금 혁준에겐 부담이 되는 액 수는 아니었다.

아니, 딱 '뭐 얼마나 한다고……' 라고 할 정도의 수준에 지나지 않았다.

게다가 혁준의 말대로 앞으로 미국에서 제대로 사업을 하자면 전용기 정도는 필수품이라 할 수 있었다.

"자세히 알아보고 보고드릴게요."

차유경의 말에 혁준이 흡족한 미소를 떠올렸다.

그런 혁준을 보며 차유경은 다시 한 번 자신의 마인드를 수정할 필요성을 느꼈다.

혁준은 이미 한국에서의 혁준이 아니었다.

기가스 컴퍼니 또한 앞으로 세계를 무대로 그 위용을 떨칠 회사였다.

그렇다면 그녀 역시도 보다 큰 마인드로 혁준을 보필할 필요가 있었다.

그녀 스스로가 말한 대로 혁준이 사치를 부리는 만큼 딱 그만큼 세상은 혁준을 신뢰하게 될 테니까.

그러는 사이 아칸소에 도착했다.

공항에는 그들을 위한 리무진도 대기하고 있었다.

리무진에 올랐다.

시외로 빠져나간 리무진은 그렇게 한참을 더 달렸다.

그렇게 한참을 더 달리자 멀리서 보기에도 어마어마한 크기의 대저택이 나타났다.

그들이 탄 차량뿐만 아니라 다른 리무진 차량들도 속속 눈에 들어오기 시작하는 것을 보니 파티 장소가 바로 그 저택인 모양이었다.

"무슨 집이 이렇게 커?"

아예 기가 질린 얼굴을 하는 혁준이다.

그도 그럴 것이 저택의 담을 타고 달린 지 십 분이 넘었
다.

십 분이 넘도록 정문이 나타나지 않고 있었다.

아무리 리무진이 느리게 달리고 있다고 해도 이 저택의 규
모란 건 좀 터무니없다 싶을 정도였다.

"한국에서 제일 크다는 경복궁도 이보다는 작겠구
만……."

혁준이 그렇게 시샘 반 부러움 반으로 투덜거릴 때였다.

드디어 정문이 나타났다.

그리고 리무진이 멈췄다.

혁준이 차유경을 에스코트하며 리무진에서 내렸다.

정문에는 검은 양복을 입은 흑인 두 명이 문 앞을 지키고
서서, 속속 도착하고 있는 손님들의 초대장을 확인하고 있었
다.

그런데 이상한 것이 있었다.

'왜 저 사람들 건 하얀색이지?'

어쩐 일인지 혁준이 받은 초대장과 다른 손님들이 보이고
있는 초대장은 그 색깔이 달랐다.

지금 혁준이 가지고 있는 초대장은 하얀색이 아니라 빨간색이었다.

　혹시 무슨 차별이나 반대로 어떤 특별한 대우가 있는 건가 싶었더니 딱히 그런 건 아닌 모양이었다.

　정문을 통과할 때도, 그리해 저택 안으로 들어서서도 별다른 이상한 점은 없었다.

　그나저나 대단하긴 하다.

　밖에서 볼 때도 입이 떡 벌어졌는데 그 안은 더 으리으리했다.

　인공미가 두드러진 프랑스식 정원만 해도 화단과 분수대, 정교한 조각상이 아름답게 어우러져 있는 것은 물론이고 그 옆으로는 자연을 그대로 옮겨놓은 듯한 광대한 숲마저 펼쳐져 있었다.

　그것만으로도 기가 질릴 지경인데 황색 외벽이 인상적인 바로크 양식의 3층 건물은 신비로우면서도 어떤 위압감까지 느끼게 했다.

　'이건 그냥 궁전이잖아?'

　혁준이 놀라워하는 것만큼이나 차유경도 한껏 상기된 얼굴을 하고 있었다.

　'하긴, 차 실장도 여잔데 이런 광경을 보고도 아무렇지 않아 한다면 그게 더 이상한 일이긴 하지.'

역시 평상시와 다른 그녀의 모습을 보는 건 즐거운 일이었다.

"우리도 이런 저택 하나 구입할까요?"

"예?"

혁준의 말에 차유경이 눈을 동그랗게 뜬다.

"아니, 차 실장님이 하도 너무 넋을 잃고 계시기에요. 차 실장님을 행복하게 해드릴 수만 있다면 이런 저택쯤이야 뭐……."

혁준이 장난스럽게 한쪽 눈을 찡긋거리자 그 짓궂은 행동에 차유경이 당황하며 얼굴을 붉혔다.

그런 반응이 재밌기만 한 혁준이다.

'진짜로 이런 저택 하나 질러봐? 근데 이런 건 또 얼마나 하지?'

얼마가 필요한지는 모르겠지만 어쨌든 일단은 쇼핑 리스트에 올려놓기로 했다.

'사치는 의무이자 명함이라고 했으니까 뭐.'

사실 지금 혁준은 차유경만큼이나 기분이 업된 상태였다.

그건 칼리고 발터 때문도, 대저택의 위용 때문도 아니었다.

차유경 때문이었다.

이런 아름다운 저택의 풍경과 어우러지니 더 한층 예뻐 보였다.

그건 건물 내부로 들어서서 화려한 로코코 양식으로 꾸며

진 파티장에 도착해서도 마찬가지였다.

그곳에는 이미 많은 사람이 와 있었다.

대부분 나이가 지긋한 사람들이었지만 개중에는 꽤나 젊은 청년들도 보였는데, 아무래도 이브닝 파티다 보니 다들 파트너를 대동하고 있었다.

그렇게 대동한 여성들은 마치 파티의 품격을 보여주듯 대부분 모델처럼 아름답고 기품이 넘쳤다.

어지간한 할리우드 영화배우들보다도 레벨이 더 높아 보일 정도였다.

그런데도 외모면 외모, 몸매면 몸매 어느 하나 꿀리지가 않는다.

아름다운 드레스를 차려 입은 차유경의 미모는 그런 화려한 꽃들 속에 있으니 오히려 더 빛이 나 보였다.

더구나 유일한 동양인이었다.

주목도부터가 달랐다.

파티장으로 들어선 순간부터 뭇 남성들의 시선이 일제히 차유경에게 모아졌다.

자연히 그 파트너인 혁준에 대한 호기심과 부러움의 시선도 뒤따랐다.

괜히 어깨에 힘도 들어가고 기분도 우쭐해진다.

적어도 지금 이 순간만큼은 사치가 명함이 아니라 바로 그녀가 자신의 명함처럼 느껴졌다.

아니, 이미 그녀 자체가 자신에겐 최고의 사치품인지도 모르겠다는 생각까지 하는 혁준이었다.

아무튼 혁준은 그런 시샘과 부러움의 시선들을 느긋하게 즐기며 파티장에 와 있는 사람들을 살폈다.

"존 마이스 그랜드모터스(GM) 회장이에요."

혁준의 시선이 파티장에 있는 사람들 중에서도 유난히 그 존재감이 두드러져 보이는 50대의 중년 신사에게 멈추자 그 즉시 차유경이 그렇게 설명했다.

"4년 전에 파산 직전의 GM을 맡은 이후로 매년 수백억 달러의 적자에 시달리던 GM그룹을 불과 1년 반 만에 흑자 전환시킨 입지전적인 인물이죠. 조용하고 차분한 성품인 데 반해 일을 처리하는 방식은 과감하고 거침이 없어서 '스텔스 폭격기'라고도 불리고 있어요."

"……."

"저분은 월마트의 톱슨 월튼 회장이네요. 아시겠지만 톱슨 월튼의 부친이자 4년 전에 죽은 월마트 전(前) 회장인 션 월튼은 세계 제1의 부호라고 알려져 있죠. 물론 장남인 톱슨 월튼의 재력도 엄청나구요. 아마 현금 보유액만 놓고 따지면 톱슨 월튼 회장 역시 단연 세계 제1의 부호라고 할 수 있을 거예요."

매번 이런 식이었다.

혁준의 시선이 닿기만 하면 따로 묻기도 전에 마치 백과사전처럼 그 사람에 대한 신상이 좌르륵 펼쳐진다.

당연히 일반 상식일 리가 없다.

칼리고 발터의 초대에 그렇게 들떠 있는 중에도 그사이 이곳에 초대될 만한 경제계 인사들의 프로필을 미리 파악해 둔 것이 분명했다.

'아무튼 빈틈이 없어 빈틈이.'

능력이면 능력, 외모면 외모, 거기다 현명하고 성실하기까지, 이런 여자가 어떻게 자신의 옆에 있는 건지 새삼 신기하다는 생각이 들었다.

그녀가 한국에 온 것도, 능력에 걸맞은 대접을 못 받고 복사기나 돌리고 있었던 것도, 그리해 자신의 눈에 띄게 된 것도.

우연에 인연에 필연이 겹쳐진 결과가 아닐까 싶었다.

혁준이 그런 생각을 하며 차유경을 보고 있을 때였다.

"헤이! 크리스탈!"

갑자기 훤칠하게 잘생긴 삼십 대 중반의 백인 남자가 반갑게 손을 흔들며 차유경에게로 다가왔다.

"아, 브레드."

'브레드?'

차유경의 친근한 태도에 혁준이 의아해하며 그 백인 남자를 살폈다.

참 잘도 생겼다.

금발에 푸른 눈, 키는 자신보다 10㎝는 더 커 보였고 누가 양놈 아니랄까 봐 뚜렷한 이목구비는 그야말로 조각상이 따로 없다.

왠지 재수가 없다.

그게 우월한 하드웨어에 대한 본능적인 거부감인지, 아니면 차유경과의 사이에서 흐르는 어떤 친밀감과 그로 인해 느껴지는 소외감 때문인지는 모르겠다.

혁준이 그렇게 불쾌한 시선으로 그들을 보고 있는 중에도 그들은 반갑게 인사를 나누고 있었다.

물론 처음에 주고받은 인사 외에는 하나도 못 알아듣는 혁준이다.

아무래도 사적인 이야기들이 오가는 중이라 통역을 기대할 수도 없는 상황, 그러다 보니 왠지 혼자만 바보가 된 듯한 기분마저 들었다.

'쩝. 이럴 줄 알았으면 간단한 영어 정도는 배워둘 걸 그랬나?'

한국에 있을 때야 필요할 때면 비서를 부르면 되는 일이라 딱히 영어를 배울 필요성을 못 느꼈었지만 이제 앞으로 미국에서 살아가려면 영어는 필수일 수밖에 없다. 사사로운 일상 생활에까지 비서를 불러서 통역을 부탁할 수는 없는 일이니 까 말이다.

'그래. 내일부터라도 짬짬이 공부 좀 해야겠어.'

돌이켜 보면 학창시절에 수학은 젬병이었어도 영어는 곧 잘 했었다.

그래서 그런지 별다른 거부감은 없었다. 조금 귀찮아지겠 다는 생각만 잠깐 스쳐 갔을 뿐이다.

아무튼 혁준이 그런 생각을 하고 있는 중에도 차유경과 브 레드라는 백인은 참 정겹게도 이야기를 나누고 있었다. 그러 다 뒤늦게야 혁준을 인식하고는 급히 소개를 했다.

"여기는 브레드 알지노스, 예전 제가 보스턴 컨설팅그룹에 있을 때 제 상사였어요. 대학 선배이기도 하고요."

브레드 알지노스가 반갑게 손을 내밀었고 혁준도 마음과 는 다르게 싫은 내색을 하지 않고 그 손을 잡았다.

하지만 그들 사이에는 그리 긴말이 오가지 않았다. 서로 간 에 할 말도 별로 없거니와 브레드와 같이 온 중년의 사내가 그를 불렀기 때문이었다.

급하게 달려가는 그를 보며 혁준이 물었다.

"이런 자리에 올 정도면 대단한 사람인가 봅니다."

살짝 가시가 박힌 말투였지만 미처 그걸 눈치채지 못한 차유경이 예기치 못한 재회의 여운이 고스란히 묻어나는 말투로 대답했다.

"얼마 전에 수석 파트너로 승진했다고 하네요. 지금은 존 클라크 회장을 보필하러 와 있는 거구요. 이런 자리에 존 클라크 회장을 보필할 정도면 확실히 인정을 받고 있다고 봐야겠죠. 하긴, 전부터 능력 하나는 정말 대단했었으니… 저기 저분이 바로 세계 3대 경영 컨설팅그룹 중 하나인 보스턴 컨설팅그룹의 회장 존 클라크예요."

그 후로 존 클라크에 대한 프로필이 이어졌지만 혁준의 눈은 시종일관 브레드에게만 머물러 있었다.

그러다 불쑥 물었다.

"그래서, 뭐라던가요?"

"예?"

"얼핏 듣자 하니까 차 실장님께 같이 일하자고 하는 것 같던데요?"

다 알아들을 수는 없었지만 익숙한 단어 몇 개와 분위기만으로도 그 정도는 충분히 짐작할 수 있었다.

"아니, 예전에 그런 제안이 있었는데 잠깐 그 얘기를 나눈 것뿐이에요. 그리고 그 일은 이미 다 지난 일이구요."

"브레드한테는 지난 일이 아닌 것 같던데요? 더구나 경영 컨설팅은 차 실장님한테도 오랜 꿈이었던 일이고."

차유경을 대하던 브레드의 눈빛이며 태도는 전혀 지난 일의 것이 아니었다.

가득한 아쉬움과 미련이 보였었다.

그러고 보니 생각이 났다.

브레드 알지노스.

차유경의 자서전에서도 나왔던 이름이었다.

파격적인 제안으로 차유경을 보스턴 컨설팅그룹에 재입사시켜서 훗날 차유경을 보스턴 컨설팅그룹의 최고경영자로 만든 일등 공신.

물론 중간에 혁준이 끼어들면서 차유경의 미래도 바뀌었지만 말이다.

그걸 떠올리고 보니 더 신경이 쓰인다.

그에게 있어 차유경은 이젠 없어서는 안 될 만큼 중요한 존재가 되어 있었다.

미국 내 사업만 해도 그녀의 손을 거치지 않은 것이 없다.

당장 차유경이 없다면 벌여놓은 일들을 제대로 수습하기가 만만치 않을 것이다.

더구나 낯선 미국 땅에 오고 보니 심적으로도 많이 의지를 하게 되는 것 또한 사실이다.

이젠 정말 차유경이 없는 것이 상상이 안 된다.

그런 혁준의 걱정이 고스란히 얼굴에 드러나 버렸나 보다.

　잠시 혁준을 지그시 바라보던 차유경이 가벼운 한숨으로 입을 열었다.

　"물론 경영 컨설팅은 제가 늘 꿈꾸던 일이에요. 그리고 보스턴 컨설팅그룹은 그 꿈을 실현시키기에 가장 이상적인 회사죠. 대표님의 말씀대로 브레드의 제안이 아직도 유효한 것이라면 분명 파격적이고 매력적인 조건인 것만은 분명한 사실이에요. 하지만 이미 거절했던 제안이에요. 대표님과 일하면서 그걸 후회했던 적은 한 번도 없었구요."

　잠시 말을 끊은 차유경이 보다 단호해진 눈빛으로 혁준을 보았다.

　"대표님이 전에 말씀하셨죠. 전 세계를 통틀어 상품 가치가 상위 10퍼센트 안에 드는 특허의 절반을 우리가 개발하게 될 거라고. 그 기술력으로 세계 굴지의 기업들을 상대로 장사를 할 거라고. 그건 곧 세계 경제계를 발아래 두고 그 위에 군림하겠다는 뜻이 아닌가요? 그럼 지금 제가 하는 일은 기가스 컴퍼니의 이름으로 대표님께서 건설할 대제국을 컨설팅하는 일인데, 고작 보스턴 컨설팅그룹이 제 눈에 들어올 리가 없잖아요?"

　차유경은 확신에 차 있었다.

　"이제 제가 보는 세상은 대표님이세요. 이제 제가 꾸는 꿈은 기가스 컴퍼니예요. 대표님과 같이하기로 한 날, 이미 그렇게 정했으니까요."

그녀의 한마디 한마디에는 진정이 넘쳤다.

그런 그녀의 진정에 뭉클한 감동까지 받는 혁준이다.

아니, 감동만이 아니었다.

파티라는 것이 사람을 꽤나 들뜨게 하는 모양이었다.

아니, 어쩌면 브레드라는 존재가 그의 안에서 어떤 화학작용을 일으킨 것일 수도 있고, 그도 아니면 의지할 곳 없는 타국 땅에 와서 저도 모르게 이 순간 감성적이 되어버린 것일 수도 있다.

사랑스럽다.

단지 예쁘다거나 아름답다는 느낌과는 사뭇 다른, 조금 더 끈적끈적하고 조금 더 치열한 무언가가 가슴속을 휘돈다.

그런 혁준의 시선이 뜨거웠나 보다.

차유경이 순간 움찔한다.

낯선 혁준의 눈빛이 무얼 의미하는지는 몰랐지만 자기도 모르게 반 발짝 뒤로 물러서며 본능적인 경계를 보인다.

멀뚱히 깜빡거리는 사슴처럼 크고 맑은 눈은 또 어찌나 귀여운지…….

그런데, 그때였다.

"어? 미스터 권이 아닙니까?"

그 좋던 분위기에 찬물을 끼얹으며 누군가 말을 걸어왔다.

혁준이 눈살을 찌푸리며 돌아보니, 일전에 한 번 만난 적이 있는 미국 상무부 장관 미키 캔터였다.

제33장
세계를 향한 선전포고

상무부 장관 미키 캔터와는 미국에 처음 온 날 딱 한 번 인사차 만났었다.

"하비브 보좌관으로부터 초청을 받았다는 소식은 전해 들었습니다만 여기서 이렇게 다시 뵙게 되니 정말 반갑군요. 발터 가문까지 미스터 권을 주목하고 있는 것을 보면 미스터 권을 미국으로 데리고 온 게 확실히 잘한 결정이긴 했나 봅니다. 허허."

어차피 필립 하비브야 이 미키 캔터의 하수인이란 것쯤은 알고 있는 사실이었고 굳이 숨길 일도 아니었기에 새삼스럽지는 않았다.

다만 좋은 분위기에 찬물을 끼얹은 이 눈치 없는 불청객이 그저 야속할 따름이다.

그래도 한편으로 낯선 사람들만 가득 차 있는 이곳에서 그래도 안면 있는 사람이 하나라도 생겼다는 것이 반갑기도 했다.

"장관님께서도 오실 줄은 몰랐습니다."

"미국을 이끌어가는 이런 경제인들의 파티에 상무부 장관이 빠진다는 게 오히려 더 이상한 일이지요."

하긴, 미국의 상공업 전반을 관장하는 중앙행정기관인 상무부의 장관이 이런 자리에 빠진다면 그거야말로 이상한 일이긴 했다.

"그나저나 이번엔 누가 될지 모르겠군요."

미키 캔터가 파티장 안을 쓰윽 둘러보며 그렇게 말하자 혁준이 의아히 물었다.

"그게 무슨 말씀입니까? 누가 될지 모르겠다니?"

"아, 모르셨습니까?"

"…뭘요?"

"칼리고 발터 씨는 워낙 파티를 좋아하는 사람입니다. 그래서 매년 이렇게 경제인들을 불러서 이런 파티를 열곤 하죠. 보통은 어디까지나 사교적인 목적입니다만 가끔씩 다른 목적

하나가 추가되기도 합니다. 그리고 다른 목적이 추가될 때면 꼭 여기 캘리언 저택에서 파티가 열리죠."

"그러니까 그 다른 목적이란 게 뭡니까?"

"앞으로 세계를 놀라게 할 신인을 하나 선별해서 이곳에서 세계 경제계의 인사들에게 소개를 시키는 겁니다. 물론 어디까지나 칼리고 발터 씨의 개인적인 취미이고 대부분 그 신인이란 게 검증되지 않은 인물들이다 보니 마치 점쟁이처럼 운을 점치는 수준에 지나지 않지만 말입니다. 그래도 그게 꽤나 잘 맞습니다. 지난 15년 동안 그렇게 이곳에서 소개된 신인이 모두 다섯 명인데 그중 네 명이 세상을 깜짝 놀라게 만들었으니까요. 저기 GM의 존 마이스 회장 역시 그중 한 명입니다."

취미 한번 참 고상하다고 해야 할지, 할 일 참 없다고 해야 할지 애매했다.

그런 중에도 성공했다는 네 명보다 실패했다는 그 한 명에 더 신경이 쓰이는 혁준이다.

"나머지 한 명은 어떤 사람입니까?"

"스티브죠. 저기 저 사람. 한때 퍼스널컴퓨터 하나로 억만장자에 오르기도 했습니다만, 그거야 옛날 일이고 지금은 그 많던 돈 다 날리고 애니메이션이나 만들면서 근근이 살아가고 있죠. 그것도 이젠 파산 직전이라고 하던데… 사실 저 사람이 이 파티에 다시 초청을 받을 거라고는 생각 못 했습니다. 칼리고 발터 씨가 아직 저 사람에게 기대를 하고 있는 건지, 아니면 그냥 고집이신 건지……."

혁준은 미키 캔터가 가리킨 사람을 보았다.

순간 혁준의 눈이 크게 떠졌다.

익히 아는 사람이었다.

21세기에 저 사람의 얼굴을 모르는 사람은 아무도 없을 것이다.

이제 고인이 된, 혁신이라는 두 글자를 내세워 IT업계에 혁명을 일으킨 희대의 천재 경영자였다.

늘 신문지상이나 뉴스에서만 보던 그를, 그의 젊은 날의 모습을 이렇게 직접 보게 되니 기분이 새롭기도 하고 설레기도 한다.

그나저나 칼리고 발터란 사람, 귀신이 따로 없다.

다섯을 골라 다섯을 모두 다 맞췄다.

결국 칼리고 발터의 취미가 단지 점쟁이가 운을 점치는 수준은 아니라는 것이다.

"그나저나 이번만큼은 과연 누가 오늘의 주인공이 될지 정말 모르겠군요. 못 보던 신인들도 꽤 많이 온 것 같고… 사실 요 몇 년 사이 경제계에서 두각을 드러낸 신인들이 꽤 많았죠. 저기 이매진닷컴의 제프 베스조도 그중 하나고."

서른이나 되었을까? 그런데도 머리가 참 환하게도 벗어진 사람이었다.

"그리고 저기 칼리 피오나도 무시 못 할 신인입니다. 얼마 전에 루센 테크놀로지를 IT&T로부터 분사시키면서 기업공개 분야 역대 최고 금액인 30억 달러의 수입을 올렸죠. 게다가 그녀가 루센 테크놀로지를 맡은 후로 그 주가가 벌써 6배나 올랐다고 하니……."

이번에 미키 캔터가 가리킨 사람은 금발에 블론드가 살짝 섞인 40대 초반의 미녀였다.

제프 베스조는 잘 몰랐지만 칼리 피오나는 알고 있었다.

언제부터일지는 모르겠지만 뉴렉팩커드사를 맡아 실리콘밸리 최초의 여성 CEO가 되는 사람이었다. 그리고 세계에서 가장 영향력 있는 여성 CEO로 5년 연속 1위를 차지했다는 뉴스를 어디선가 본 기억이 있었다.

미키 캔터의 설명을 듣고 있자니 그 하나하나가 확실히 쟁쟁하긴 했다.

"아, 물론 미스터 권도 후보군 중 하나임에는 분명합니다. 그러니 이 자리에 초대를 받고 온 것이겠지요. 하지만……."

"하지만?"

"지금까지 유색인종이 선정이 된 경우가 없어서… 사실 미스터 권이 여기 캘리언에 초대를 받은 것만 해도 동양인으로는 최초가 아닐까 싶습니다."

"칼리고 발터란 사람이 인종차별주의자거나, 아니면 백인 우월주의자쯤 되는 겁니까?"

"아뇨. 그건 아닙니다. 다만 이 미국이란 사회가, 특히 미국의 경제계란 곳이 유색인종이 두각을 보이기엔 유색인종에 대해 지나치게 폐쇄적이고 염세적인 곳이라서 말입니다."

혹여라도 혁준이 기분이라도 상했을까 조심하는 미키 캔터였다.

그러나 혁준은 전혀 기분이 상하지 않았다.

그도 그럴 것이, 미키 캔터의 말을 듣다 보니 짐작되는 것이 있었기 때문이다.

'빨간색 초대장이 그런 의미였군.'

이곳에 도착하고부터 줄곧 궁금해했던 것이다.

왜 자신의 초대장만 빨간색이었는지 이제야 알 것 같았다.

'그러니까 내가 오늘의 주인공이란 말이지?'

그것 말고는 달리 생각할 수 있는 게 없다.

차유경도 자신과 같은 생각인지 의미심장한 눈빛을 건네오고 있었다.

그렇게 생각을 하니 칼리고 발터라는 사람이 조금 더 궁금해지긴 했다.

'역시 사람 좀 볼 줄 안다는 건데…….'

그동안 그가 내놓은 신기술이 대단하다고 하더라도 이곳

에 모인 기업들은 기본적으로 수천 종의 특허 기술을 소유하고 있었다. 질적으로야 뒤지지 않는다고 해도 양적인 면에서는 비교 대상도 되지 못했다.

게다가 미키 캔터의 말대로 유색인종에 대해 그 어느 나라보다도 폐쇄적이고 염세적인 미국 경제계였다.

그 미국 경제계의 대부라 할 수 있는 거물이 동양인인 자신을, 그것도 지금은 이름조차 생소한 한국이라는 나라에서 날아온 무명의 어린 청년을 어떻게 알고 이런 자리의 주인공으로 초대를 했는지 그로서도 의아할 수밖에 없었다.

'그렇다고 내가 제프 베스조나 칼리 피오나처럼 미국 내에서 무슨 가시적인 성과를 거둔 것도 아니고……'

사실 냉정하게 따져 보면 오늘의 주인공 자리에 어울리는 것은 자신이 아니라 그들이었다.

적어도 아직까지는 그들과 어깨를 나란히 할 만한 위치가 아닌 것이다. 그러니 미키 캔터가 저렇게 부정적인 견해를 보이는 것도 당연한 일이었다.

'그나저나 확실히 그게 이 파티의 메인이벤트이긴 한가 보네.'

처음엔 서로 간에 반갑게 인사를 나눈다든가 세상 돌아가는 이야기를 하며 그렇게 여유를 보이던 사람들이 눈빛의 시간이 지남에 따라 차츰 날카로워지고 또 분주해졌다.

지금 미키 캔터의 눈빛과 조금도 다르지 않았다.

그들 역시도 과연 오늘의 주인공이 누구인지 후보군들을 살피고 있는 것이다.

그리고 그들 역시도 혁준에 이르러서는 잠깐의 의아함을 보이긴 했지만 이내 별 의미를 두지 않고 눈을 돌려 버렸다.

물론 개중에는 혁준을 보며 불쾌한 듯 눈살을 찌푸리는 사람도 있었다. 자리가 자리인 만큼 노골적으로 불만을 드러내지는 않았지만, 이런 자리에 동양인이 끼어 있는 것을 심히 못마땅해 하고 있는 눈치였다.

하지만 혁준은 그런 것에는 신경도 쓰지 않았다.

미국 땅에서 이런 시선들을 하나하나 신경 쓰다가는 정말이지 끝도 없을 것이기 때문이다.

다만 자신이 오늘의 주인공임을 알게 되었을 때, 그때 과연 저들의 표정이 어떻게 변할지 그건 좀 궁금하긴 했다.

그때였다.

쨍 쨍 쨍~

차분하게 가라앉아 있는 파티장 안에 돌연 와인 잔이 부딪치는 듯한 청명한 소리가 크게 울려 퍼지고, 두터운 콧수염이 인상적인 60대의 노인이 파티장 안으로 들어섰다.

그 순간, 파티장 안은 정적이 감돌았다.

"저분이 칼리고 발터예요."

차유경이 조용히 귀띔을 했다.

사실 그런 귀띔이 딱히 필요는 없었다.

미국 경제계의 거물들을 단번에 입을 다물게 할 만한 사람이 칼리고 발터 외에 달리 누가 있겠는가.

물론 정적은 잠깐이었다.

잠깐의 정적 후 사람들이 하나둘 칼리고 발터에게로 다가가 인사를 나눈다.

파티장 안은 그 순간 두 부류로 나뉘었다.

서슴없이 칼리고 발터에게로 다가가 인사를 나누는 사람들과 섣불리 다가가지 못하고 그런 광경을 우두커니 지켜만 보고 있는 사람들.

그 자체로 이미 레벨이 갈리고 있는 것이다.

물론 혁준도 자의든 타의든 간에 지켜만 보는 부류 쪽에 속했다.

그렇게 가벼운 인사가 오가고 칼리고 발터가 단상 위로 올라갔다.

그러자 다시 파티장 안은 정적에 휩싸였다.

확실히 존재감 하나는 압권이다.

체구가 그렇게 크지도, 눈매가 날카롭지도, 그렇다고 뿜어나오는 아우라가 대단해 보이지도 않았다.

그런데도 여유로운 미소를 입가에 머금고 파티장 안을 쓰

옥 둘러보는 그 담담한 눈길은 이 노회한 기업인들을 거뜬히 압도하고 있었다.

"불철주야 세계 경제를 위해 고생을 하시는 와중에도 이 늙은이의 청을 귀찮다 않으시고 이 먼 곳까지 찾아주신 여러 신사 숙녀 여러분께 먼저 감사의 말씀을 전합니다. 그러고 보니 일 년 만이로군요. 일 년 전 보았던 얼굴을 다시 본다는 건 제겐 즐겁기도 하고 슬프기도 한 일입니다. 미세스 질라헨, 당신을 다시 보게 된 건 내겐 정말 즐겁고 행복한 일이라오. 하지만 제이슨, 자네를 다시 보는 건 내겐 정말 슬픈 일이라네. 그러니 부디 내년에는 자네의 장례식에서 우리 다시 보도록 하지. 그래야 내가 20년 동안 마음에 품고 있던 미세스 질라헨에게 내 사랑을 고백해 볼 것이 아닌가?"

"어머, 칼. 칼은 제 취향이 아니라고 몇 번을 말씀드려야겠어요? 제겐 오직 제이슨뿐이니까 일찌감치 마음을 접으시고 힐튼가의 미망인이나 쫓아다니세요. 요즘 한창 떠들썩하던데요? 발터가의 주인이 힐튼가의 미망인에게 빠져서 밤낮없이 힐튼가를 기웃거리신다고."

"이런 이런, 미세스 질라헨. 내가 잠시 힐튼가의 미망인에게 빠졌던 것은 사실이지만 그것도 다 미세스 질라헨이 내 사랑을 몰라주기에 외로움이 깊어 일어난 일일 뿐, 내 사랑은 언제나 그대 하나뿐이라오."

칼리고 발터가 익살스럽게 한쪽 눈을 찡긋거렸고 귀부인 풍의 미세스 질라헨이 이내 기분 좋은 웃음을 터뜨리며 그에 호응했다.

그리고 미세스 질라헨의 옆에 서 있던 대머리 신사가 왜 자신을 벌써 죽은 사람 취급하는 거냐며 우스꽝스러운 표정으로 그들의 대화에 합류했다.

그렇게 조금은 해학스럽게 시작한 칼리고 발터의 인사말은 그 후로도 초대 손님들과 주거니 받거니 하며 꽤 길게 이어졌다.

그런 대화들을 들으며 혁준은 그 짧은 시간에도 칼리고 발터라는 사람에 대해 많은 것을 알 수 있었다.

그릇이 큰 사람이었다.

상하가 확실한 상황임에도 사람들과의 대화 속에선 그 어떠한 권위도 느껴지지 않는다.

그건 그와 대화를 주고받는 사람들 역시도 마찬가지다. 예의는 지키되 마치 친한 친구와 대화를 나누듯 스스럼없고 편안해 보인다.

사람 사귀는 걸 좋아하는 사람, 그러면서도 익살스럽고 또 그러면서도 여유가 넘쳐서 바위처럼 단단해 보이고 태산처럼 크고 바다처럼 넓어 보인다.

'칼리고 발터는 미국에서 가장 큰 부자는 아니에요. 하지만 미국에서 가장 존경받는 사람임에는 분명해요. 세계 경제계의 거물들이 스스로 칼리고 발터에게 머리를 숙이는 것도 그의 돈이 아니라 그의 인품 때문이구요.'

차유경에게 그 말을 들었을 때는 사실 콧방귀를 꼈었다.

그가 아는 부자들이란 대개 그런 부류와는 거리가 멀었으니까.

하지만 지금 이렇게 직접 칼리고 발터를 보고 나니 차유경의 말이 조금도 과장되게 느껴지지 않았다.

세상에 정말로 이런 사람도 있구나 싶었다.

세상에 정말로 이렇게 멋진 부자도 있구나 싶었다.

칼리고 발터라는 인물은 혁준에겐 그야말로 신선한 충격으로 다가오고 있었다.

그때쯤이었다.

칼리고 발터의 인사말이 끝난 것은.

그리고 그렇게 인사말을 끝낸 칼리고 발터가 혁준을 본 것도 그때쯤이었다.

조금은 장난기 어린, 그러면서도 의미심장한 눈빛으로.

*   *   *

"제가 이번 파티를 이곳 캘리언에서 연 이유는 다들 아실 겁니다."

칼리고 발터가 그렇게 운을 떼자 분위기가 지금까지와는 사뭇 달라졌다.

칼리고 발터의 여유롭던 눈빛에 어떤 의미심장함이 담기자 파티장 안에는 묘한 긴장감이 흘렀다.

호기심으로 눈을 반짝이는 사람이 있는가 하면 자신이 미리 점찍어둔 후보에게로 시선을 고정시키기도 하고 파트너와 담소하며 이 상황을 그저 즐기는 사람도 있었다.

그러한 분위기 속에서 사람들의 시선을 가장 많이 받고 있는 것은 역시 제프 베스조와 칼리 피오나였다.

조금 의외였던 것은 그들 당사자들조차 사람들의 그 같은 시선 속에서 서로를 의식하며 잔뜩 기대에 찬 표정들을 하고 있다는 것이다.

아무래도 오늘의 주인공은 초대장부터 다르다는 것을 모르는 모양이었다.

'하긴 나도 여기서 확인하기 전까지는 전혀 모르고 있었으니까.'

어차피 그들도 역시 캘리언 파티에는 초짜일 테고 그러니 그런 디테일한 부분까지는 미처 알지 못하고 있는 것이다.

그건 다른 후보군들 역시 마찬가지인 듯했다.

'그나저나 이건 뭐 무슨 아카데미 여우주연상이라도 발표하는 것 같네.'

후보군들이 보이고 있는 긴장감이나 흥분, 기대는 오히려 그보다 더하면 더했지 못하지 않았다.

그도 그럴 것이, 오늘의 주인공이 된다는 것은 곧 미국 경제계에서 최고의 신인으로 인정받는 것은 물론이고 동시에 칼리고 발터라는 최고의 후원자를 얻게 된다는 의미였다.

GM의 존 마이스 회장만 하더라도, GM그룹의 이사진들이 쿠데타를 일으켜 무능한 총수를 갈아치웠을 때 차기 총수로 존 마이스의 이름이 가장 앞자리에 거론될 수 있었던 것도 암암리에 칼리고 발터의 입김이 작용했다는 것이 공공연한 비밀이었다.

다시 말해, 아카데미 여우주연상은 그 배우의 인생에 화려한 이력으로 남을 뿐이지만 오늘의 주인공이 된다는 것은 그 사람에겐 화려한 미래를 보장받는 것이 되는 것이다.

"어떤 사람은 저의 이런 취미를 고약하다고 하기도 하고 또 어떤 사람은 괴상하다고 하기도 합니다만……."

"이봐요 칼. 그래도 우리는 칼의 그 고약하고 괴상한 취미를 사랑합니다."

"이봐, 톱슨. 아무리 아부해 봐야 소용없네. 오늘의 주인공

은 절대로 자네가 될 수는 없으니까 말이네. 그러기에는 자네
는 너무 늙었어."

가볍게 던지는 농담에 의외로 큰 웃음이 뒤따랐다.

그 상대가 얼마 전 포춘지에서 연말 이벤트로 실시한 '500
대 기업 CEO들 중 최고의 노안은?' 이란 설문에서 당당히 1위
를 차지한 월마트의 톱슨 월튼 회장이기 때문이다. 물론 그렇
게 웃을 수 있는 것도 어느 정도 레벨이 되는 부류들만의 특
권이었다.

레벨이 안 되는 사람들은 이 대목에서 과연 웃어야 할지 말
아야 할지 어찌할 바를 몰라 서로의 눈치를 보며 불편하고 어
색한 표정만 짓고 있을 뿐이었다.

칼리고 발터는 그 사람들에게마저도 하나하나 눈을 맞춰
주며 말을 이었다.

"제가 오늘 여러분에게 소개시켜 드릴 신인은 물론 저기
톱슨보다는 훨씬 젊은 사람입니다. 아니, 지금까지 제가 소개
했던 신인들 중에 가장 어린 사람입니다. 어리지만 강하고 자
유롭고 뜨겁고 신비로운 젊은이입니다. 사실은 제가 그를 이
자리에 초대한 것은 여러분께 소개를 시켜 드리고자 하는 마
음도 있었지만 그보다는 이 젊은이에 대해 제가 더 궁금했기
때문입니다. 지금까지 살면서 이렇게 누군가를 궁금해해보
긴 젊은 날 죽은 제 아내를 본 이후로 아마도 처음일 겁니다.

그만큼 저는 이 젊은이의 강함에, 자유로움에, 뜨거움에, 신비로움에 완전히 매료당하고 말았습니다."

순간 모든 사람이 주위를 두리번거리며 젊은 사람을 찾는다.

물론 이번에도 혁준에게 닿는 시선은 이내 돌려졌다.

어떻게 봐도 이 중에선 가장 어린데도.

동양인이라 더 어리게 보일 텐데도 아예 고려의 대상도 되지 못한다.

혁준은 이번에도 그다지 신경 쓰지 않았다.

그런데 의외로 차유경은 신경이 쓰였던 모양이다.

"그 신인이 대표님인 걸 알게 되면 어떤 표정들을 할지 심히 궁금하네요."

콧방귀까지 끼며 불쾌한 듯 미간을 찌푸리는 것이 어지간히도 분한 표정이었다.

늘 냉정하고 자신의 감정을 잘 드러내지 않던 그녀의 그런 모습이 조금 신선했다.

마치 자신이 당한 모욕이기라도 한 것마냥 대신 화를 내주는 그녀가 고마웠다.

낯선 땅 낯선 사람들 속에서 그래도 단 한 명의 내 편이 있다는 것이 그렇게 든든할 수가 없다.

혁준이 흐뭇하게 차유경을 보는 사이, 잠시 말을 끊은 칼리고 발터가 드디어 모든 사람의 궁금증에 답을 내놓았다.

"그럼 이제부터 그 젊은이를 여러분께 소개드리겠습니다. 하나의 국가에 맞서서 부당한 억압과 박해에도 굴하지 않고 놀라운 기술력으로 당당히 자신의 권리와 책임을 지킨, 저 멀리 한국에서 온 기가스 컴퍼니의 권혁준 대표입니다."

칼리고 발터가 그렇게 말하며 혁준을 가리켰다.

이미 예상을 하고 있던 터라 놀랍지도 않았고 새삼스럽지도 않았다. 다만 워낙에 소개가 거창해서 조금 낯간지럽기는 했다.

'미국인들의 오버란⋯⋯.'

그래도 기분이 썩 나쁘지는 않다.

조금 벙쪄 있다가 혁준의 시선에 멋쩍게 웃어 보이는 미키 캔터도, 이런 자리에 동양인이 끼어 있는 것을 못마땅해 하던 사람들의 얼굴이 눈에 띄게 일그러지는 것도, 그를 면전에 두고도 감히 차유경에게 개수작을 부리던 브레드 알지노스의 재수 없는 낯짝이 지금 이 순간 놀람과 충격으로 물들어가는 것도 꽤나 재밌는 구경거리들이었다.

그렇게 혁준은 차유경과 함께 단상으로 향했다.

차유경과 같이하고 있는 것은 지금까지와 전혀 다를 것이 없는데도 그동안은 차유경의 아름다운 미모에만 머물던 시선들이 이젠 온통 혁준에게만 모아지고 있었다.

그들 대부분이 의아함과 호기심을 담고 있었다.

개중에 조금 다른 의미의 시선도 있었는데, 이매진닷컴의 제프 베스조였다.

의외로 솔직한 사람인 모양이다.

얼굴 가득 실망감을 감추지 못한 채 당장 눈물이라도 뚝뚝 흘릴 것 같은 표정으로 혁준을 보고 있었다.

그 모습을 보자니 괜히 미안한 마음이 들기도 했다.

"이거 내가 마치 애들 사탕이라도 뺏어 먹은 거 같네요."

혁준의 말에 차유경이 담담히 대꾸했다.

"앞으론 사탕 정도가 아니겠죠."

"사탕 정도가 아니라뇨?"

"대표님의 계획대로라면 세계 경제계에 지각변동이 일어날 거예요. 지금의 질서는 무너지고 그 위에 기가스 컴퍼니를 중심으로 새 질서가 세워질 테죠. 그렇게 되면 부의 재분배는 필연적일 수밖에 없어요. 과연 여기에 모인 사람 중에 내년에도 이 파티에 초대받을 수 있는 사람이 얼마나 될까요?"

경제원리란 게 그렇다.

한 사람이 하나를 얻으면 다른 사람이 하나를 잃게 되는 것.

더구나 혁준은 하나를 얻으려는 게 아니라 세계 경제의 절반을 손아귀에 쥐는 게 목표라고 했다.

그렇다는 것은 현재 세계 경제의 절반을 움켜쥐고 있는 기득권자들이 그만큼 자신의 기득권을 잃게 될 거라는 뜻이다.

그건 이 자리에 모인 사람들도 예외일 수가 없다.

차유경의 말대로 내년엔, 그리고 내후년엔, 그리고 또 그다음 해엔 이 중에 지금의 기득권을 유지하고 있을 사람이 과연 몇이나 될까?

앞으로 이들이 가진 기득권을 물어뜯어 먹어 삼킬 혁준이 고작 이깟 일로 제프 베스조에게 미안한 마음을 가지는 것은 그야말로 악어의 눈물에 다름 아닌 것이리라.

차유경의 말에 혁준은 다시 한 번 자신의 위치를 상기시켰다. 파티의 분위기에 취해서 가장 근본적인 것을 잠시 잊고 있었다.

이들에게 혁준은 자신들의 것을 빼앗으러 온 이방인이자 약탈자라는 것!

그러는 사이 혁준은 단상에 도착했다.

단상에 오르자 칼리고 발터가 반갑게 그를 맞았다.

"어서 오시게. 혹시 내 고약한 취미가 자네를 불쾌하게 한 것은 아닌지 모르겠구만."

혁준은 차유경의 통역을 통해 그 인사를 받았다.

"아닙니다. 미스터 발터께서 이런 근사한 곳에 불러주셔서 그저 영광일 뿐입니다."

"허허. 그렇게 생각해 주면 고맙고. 아, 그리고 앞으로는 그냥 칼이라 불러주게. 다들 그렇게 부르니까."

"그럼 칼도 그냥 저를 준이라고 불러주십시오."

"준? 좋군. 좋아. 난 또 '혁준'이라 불러달라고 할까 봐 내심 걱정을 했지 뭔가. 이 자리를 대비해서 그동안 참 연습을 많이 했는데도 '혁준'이란 발음이 도무지 입에 붙지가 않더란 말이지. 여기 보이는가? 오죽했으면 내가 오늘도 발음 기호를 여기 손바닥에다 다 적어 왔겠는가 말이네. 만일 자네가 '혁준'이라 불러달랬으면 어쩌면 난 자네를 평생 피해 다녔을지도 모르네."

그렇게 엄살은 떨었지만 사실 칼리고 발터의 '혁준'이란 발음은 거의 네이티브 수준에 가까웠다.

살짝 감동했다.

별거 아니라면 별거 아닐 수도 있는 배려였지만 그것이 칼리고 발터에게서 나온 것이기에 그 배려가 더욱 특별하게 느껴졌다.

이 거인이 정말로 자신을 진심과 호감으로 대하고 있다는 것도 알 수 있었다.

혁준은 새삼스러운 눈으로 칼리고 발터를 살폈다.

멀리서 보던 것과는 또 달랐다.

그를 마주 보고 있는 그 눈에는 오직 진심뿐, 그 어떠한 사사로운 이해나 욕심도 보이지 않았다.

아니, 애당초 그럴 필요가 없는 사람이다. 사사로운 이해나 욕심이 들어갈 틈도 없이 이미 너무 많은 것을 가진 사람이다.

그래서 편했다.

지금껏 가지고 있던 본능적인 경계심이 그런 편안함 속에 스르르 녹아내릴 만큼.

칼리고 발터는 그렇게 사람의 경계를 풀게끔 만드는 묘한 힘이 있는 사람이었다. 어쩌면 그것이 칼리고 발터의 오늘날을 있게 만든 가장 큰 무기가 아니었을까 싶었다.

"자! 그럼 모두 궁금해들 하고 있을 테니까 신사숙녀분들에게 인사부터 하도록 하게."

칼리고 발터가 혁준을 단상의 중심으로 이끌었다.

혁준은 그렇게 단상의 중심에 올라 파티장을 내려다보았다.

이렇게 모두를 위에서 내려다보니 자신을 보는 사람들의 시선이 지금까지와는 조금 다른 느낌으로 다가왔다. 그리고 보이지 않던 것들도 보였다.

'역시 저들에게 나는 이방인일 뿐이로군.'

기꺼워하지 않는다.

비단 노골적으로 불쾌감을 드러내고 있는 눈빛들뿐만이

아니었다.

인종이나 나이에 상관하지 않고 시종일관 담담히 그를 이 파티의 일원으로 대하던 사람들조차 그 시선의 한편에 옅은 거부감 같은 것을 담고 있었다.

변두리에 있을 때는 스스럼없이 대할 수 있었지만 그 이방인이 그들 삶의 중심으로 불쑥 끼어드는 것은 싫은 것이다.

그래서 문을 닫고 벽을 친다.

어디 이들뿐이겠는가.

앞으로 혁준이 일상적으로 마주해야 할 전형적이고도 일반적인 미국이란 사회의 단면일 것이다.

그들은 혁준이 이 단상 위에 머물러 있는 것을 원하지 않고 있었다.

혁준도 이 단상 위에 오래 머물고픈 생각이 없었다.

물론 그들에게 헤픈 웃음이나 흘리면서 그들 삶의 일원으로 자신을 받아들여 줄 것을 사정하고픈 생각도 전혀 없었다.

받아주지 않으면 받아줄 수밖에 없게끔 만들면 된다.

자신은 약탈자이고 정복자다.

세계를 훔친 역사의 정복자들은 치세를 함에 있어 민심을 얻기 위해 관용과 은혜는 베풀지언정 그들 앞에 머리를 조아리지는 않았다.

그건 혁준도 마찬가지다.

"차 실장님. 제 말을 영어로 좀 적어주세요."

"직접 말씀하시게요?"

"예. 저치들에게 제 생각과 마음을 제대로 전하려면 아무래도 그게 좋을 것 같습니다."

차유경이 바로 수첩을 꺼내어 혁준의 말을 받아 적었다.

잠시 후 차유경에게서 수첩을 건네받은 혁준이 다시 단상 위에 섰다.

그리고 미국 경제계의 거인들을 한차례 쓰윽 훑어본 후 방금 차유경에게 받은 수첩을 펼쳐 그 속에 적힌 영문을 정확한 발음은 아니지만 강인하고 자신감 넘치는 목소리로 한 자 한 자 또박또박 힘주어 말했다.

"기가스 컴퍼니 대표 권혁준입니다. 여기 계신 분들 중에는 아직은 저에 대해서도, 기가스 컴퍼니에 대해서도 생소해하시는 분들이 많을 줄로 압니다. 의구심도 가지고 계시겠죠. 일개 동양에서 온 하잘것없는 사내가 이런 자리에 초대를 받은 것만 해도 과분한데, 여러분들이 존경해 마지않는 칼이 저를 지목까지 했다는 게 영 못마땅하고 자존심 상할 겁니다. 그러나 장담하건대 내년 파티 때는 분명 지금과는 다른 마음으로, 다른 눈으로 저를 보시게 될 것입니다. 이 자리에서 분명히 말씀드리죠."

잠시 말을 끊은 혁준이 보다 강렬한 눈빛으로 파티장 안의 사람들과 하나하나 시선을 맞춘 후 단호한 목소리로 말했다.

"향후 세계 경제의 시작과 끝은 우리 기가스 컴퍼니가 될 것입니다!"

그것은 그야말로 미국, 아니, 세계 경제계를 향한 선전포고였다.

그 느닷없는 선전포고에 순간 모두가 벙찐 표정을 했음은 말할 것도 없다.

다만 한 사람,

"푸하하하하하하하!"

칼리고 발터만은 뭐가 그리 신이 나는지 대소를 터뜨리고 있었다.

제34장

칼리고 발터

"향후 세계 경제의 시작과 끝은 우리 기가스 컴퍼니가 될 것입니다!"

포부를 밝혔다고 하기에는 지나치게 도발적이었다.

그건 말 그대로 선전포고였다.

그의 패기에, 그의 무례에 분위기가 삽시간에 차갑게 얼어붙었다.

그나마 칼리고 발터의 큰 웃음이 경직된 분위기를 다소나마 풀어줬기에 망정이지 그렇지 않았다면 파티 자체가 상당히 어색해졌을지도 몰랐다.

그렇다곤 해도 파티가 진행되는 내내 혁준은 따가운 눈총들을 감당해야 했다.

　　"아무래도 우리가 있어야 할 자리는 아닌 것 같은데, 그만 가죠."

　　혁준이 차유경에게 말했다.

　　차유경이 나직이 한숨을 내쉬었다.

　　혁준의 말대로 더 이상 그들이 있을 만한 장소가 아니었다. 그들의 존재가 파티장의 분위기를 흐리고 있는 것이 사실이었다.

　　그렇다면 파티장에 있는 사람들을 위해서도, 자신들을 위해서도 굳이 더 머물러 있을 이유가 없었다.

　　차유경이 아예 체념 어린 눈으로 혁준을 보며 고개를 끄덕였고 혁준이 파티에 초대를 해준 칼리고 발터에게로 향했다.

　　떠날 땐 떠나더라도 파티에 초대를 해준 칼리고 발터에게만은 인사를 해야 했다.

　　"간다고?"

　　차유경의 통역에 칼리고 발터가 서운한 내색을 그대로 내비치며 반문했다.

　　가식이 아니었다.

　　진심으로 서운해 하는 얼굴이었다.

　　오늘 이 파티에 와서 건진 게 있다면 칼리고 발터라는 사람을 알게 되었다는 것 정도가 아닐까 생각하며 혁준도 미안한 표정으로 말했다.

"괜히 제가 있어 봤자 분위기만 망칠 것 같아서요."

"그러게 왜 그랬나?"

원망이나 질책은 아니었다.

그냥 궁금해서 묻는 것이었다.

혁준도 솔직히 대답했다.

"어차피 이 사람들 중에는 좋은 관계든 나쁜 관계든 앞으로 저와 사업적으로 얽히는 사람들이 많을 겁니다."

"그렇겠지. 기술력으로 승부하는 자네 회사라면 특히나 더 그럴 테지."

"근데 저 사람들은 저를 이방인으로 보고 있더군요."

"그 또한 당연한 일이지. 이름도 생소한 동양의 작은 나라에서 날아온 자네가 저들 속에 끼어들기엔 미국이란 사회는 알려진 것보다 훨씬 더 편협하고 배타적인 곳이니까. 아마 그건 앞으로도 변하지 않을 것이네."

"그러니까 말입니다. 어차피 영원히 이방인일 수밖에 없는 거라면 만만한 이방인보다는 무례한 이방인이 되는 쪽이 낫지 않겠습니까? 그러는 편이 앞으로 일을 해나가기도 수월할 테고."

"물론 그렇지. 어디까지나 그럴 만한 힘과 실력이 있다면 말이지만. 어떤가? 그럴 만한 힘과 실력이 있나?"

칼리고 발터가 지금까지와는 다른 눈으로 혁준을 본다.

여전히 담담했지만 그러면서도 심장을 얼어붙게 하는 날카로움이 거기에 있었다.

'역시 미국 경제계를 한 손에 쥐고 흔드는 인물이라는 건가?'

그렇다고 꿀릴 혁준이 아니었다.

"힘과 실력이라……."

그렇게 말문을 연 혁준이 칼리고 발터의 시선을 흔들림 없는 눈으로 마주보며 피식 실소를 흘렸다.

"말했지 않습니까? 우리 기가스 컴퍼니가 세계 경제의 시작과 끝이 될 거라고."

"……."

"1년 안에, 적어도 여기 있는 사람들 중 절반은 제게 머리를 숙이게 될 겁니다. 그 정도면 좀 무례해도 되지 않겠습니까?"

혁준의 오만하다 못해 시건방지기까지 한 말에 칼리고 발터의 눈이 더욱 날카롭게 변했다. 하지만 그것도 잠시, 이내 표정을 푼 그의 얼굴에는 상당히 흡족한 미소가 걸려 있었다.

"자네, 말 좋아하나?"

느닷없고 생뚱맞은 질문이었다.

"말이요?"

혁준이 의아히 반문하자 칼리고 발터가 대수롭지 않게 말했다.

"내가 오래전부터 취미를 두고 있는 것이 경주마를 키우는 거거든. 그래서 말이네만 자네 언제 한번 내 목장에 와보지 않겠는가? 얼마 전에 야생마 같은 녀석을 한 마리 데리고 왔는데 그게 꼭 자네를 닮아서 말이야. 한번 구경을 시켜주고 싶은데, 어떤가?"

뜬금없이 웬 경마 얘긴가 싶으면서도 경마라면 또 일가견이 있는 혁준이다 보니 사양 않고 흔쾌히 응했다.

"예. 어떤 놈인지 저도 궁금하네요. 연락 주시면 구경하러 가겠습니다."

혁준의 말에 칼리고 발터가 한층 더 흡족해진 미소를 입가에 걸며 고개를 주억거렸다.

칼리고 발터와 그렇게 인사를 마친 혁준은 그길로 바로 파티장을 빠져나왔다.

파티장을 나오자 미리 연락을 받았는지 그들이 타고 왔던 리무진이 저택 정문 앞에 대기하고 있었다.

리무진에 오르자 차유경이 말했다.

"대표님이 무척이나 마음에 드셨나 봐요."

"무슨 말입니까?"

"칼리고 발터는 소문난 애마가예요. 마주로서 삼관 경주에서 네 번이나 우승을 시키기도 했구요. 놀라운 것은 그 네 마리의 말이 전부 다 좋은 혈통이 아니었다는 거죠. 오직 그만의 눈썰미로 골라서 새끼 때 사들였다고 하더군요. 시간 나는 대로 직접 조교도 하고요. 그 정도로 경마를 좋아하고 말을 사랑하는 사람이죠. 그래서 그런지 오히려 목장에서만큼은 오직 말하고만 지낼 뿐 사람을 곁에 두지 않는다고 해요. 당연히 목장으로 사람을 초대하는 경우도 극히 드물구요. 어쩌면 대표님께도 그런 거 아닐까요? 좋은 혈통은 아니지만 최고가 될 거라고 판단한… 미국이란 사회에서 동양인이란 분명 좋은 혈통이라고 할 수는 없으니까요."

"흠……."

"어쩌면 아까의 객기로 많은 적을 만들긴 했지만 대신 최고의 아군도 같이 얻은 것일지도 모르겠네요."

"최고의 아군이라… 확실히 적보다는 친구인 편이 좋을 것 같은 사람이긴 하죠."

아무런 계산도 들어가지 않은 그 순수한 호의가 혁준도 무척이나 마음에 들었었다.

그런 사람이라면 친구가 되어도 좋을 것 같았다. 아니, 어쩌면 미국인 중에 그와 친구가 될 수 있는 유일한 사람일지도 몰랐다.

"근데, 객기는 좀 너무한데요? 이왕이면 용기나 패기 정도로 해주시죠? 아깐 차 실장님도 꽤 즐거워하셨잖아요."

혁준의 말에 차유경이 다시 나직하게 한숨을 내쉬었다.

사실 거기에 대해선 할 말이 없었다.

혁준이 자신의 말을 영어로 적어달라고 했을 때도, 그리고 단상 위에 올라 자신이 적어준 대로 한 자 한 자 힘주어 말했을 때도 분명 주체하기 힘든 뜨거움이 가슴을 휘돌고 있었다.

온몸을 훑고 가던 그 짜릿함이, 그 전율이 아직도 생생하게 남아 있었으니까.

차유경이 아무 대꾸도 못 하고 있자,

"아, 그리고 이거……."

혁준이 문득 생각났다는 듯 주머니에서 무언가를 꺼내어 차유경에게 건넸다.

"원래는 그 대단하다는 사람들 앞에서 제대로 소개를 한 다음에 깜짝 선물로 주려고 했었는데 일이 좀 이상하게 흘러가는 바람에 타이밍을 놓쳐 버렸네요."

"……."

혁준의 말을 들으며 혁준이 건넨 물건을 의아히 받아들던 차유경이 순간 눈을 휘둥그레 떴다.

명함이었다.

차유경이란 이름 앞에 적힌 영문.

'부사장⋯⋯.'

잠시 놀란 얼굴로 명함을 멍하니 보고 있던 차유경이 이내 설명을 구하듯 혁준을 보았다.

혁준이 대수로울 것도 없다는 듯 말했다.

"말했잖습니까. 이제 우리 기가스 컴퍼니도 기업으로서 본격적으로 체계를 갖추어 나갈 거라고. 그러자면 지휘 계통부터 제대로 갖춰야죠. 어차피 저는 대외적인 업무만 볼 거고 회사 내 모든 업무는 지금까지처럼 차 실장님, 아니, 부사장님이 하셔야 하는데, 앞으로 부하 직원을 뽑고 부리려면 그만한 직급은 있어야 제대로 말발이 먹히겠죠. 제대로 말발이 먹혀야 회사가 또 원활히 잘 돌아갈 테고."

"⋯⋯."

"당연히 지금보다도 더 큰 권한을 갖게 될 겁니다. 그만큼 짊어져야 할 책임은 더 무거워질 테죠. 하지만 부사장님이라면 충분히 감당할 수 있을 거라 믿습니다."

직위 같은 것에 별로 연연하지 않는 차유경이다.

그러나 그것이 혁준이 자신에게 주는 믿음의 크기이기에 고맙고 감동적이었다.

하지만 분명 좋은 일이건만, 차유경의 표정은 그다지 밝지 못했다.

지난 일 년 동안 미국에 나와 있었지만 그녀는 엄연히 비서실장의 신분이었고, 그래서 전화상으로라도 늘 혁준을 살폈다.

지난 일 년 동안 정말이지 눈코 뜰 새 없이 바쁜 와중에도 언제나 가장 중요하게 생각했던 일은 혁준의 비서실장으로서의 본분이었다.

그러나 이젠 직책이 바뀐 만큼 혁준을 옆에서 케어하고 보필하는 일은 자신의 몫이 아니게 되었다.

그것이 왠지 모르게 불쑥 마음 한편을 씁쓸하게 했다.

그런데…….

이건 뭘까?

"이건… 뭐죠?"

[President & Executive Vice President Room]

왜 본사 대표실 문에 자신의 직책이 같이 새겨져 있는 것일까?

"이제부터 부사장님은 저와 같이 이 사무실을 쓰시게 될 겁니다. 직책을 올려 드리긴 했는데 아직은 부사장님이 옆에 안 계시면 좀 불안해서요. 여러 가지로 곁에서 도움 받아야 할 일도 많을 테고. 그렇다고 명색이 부사장님이나 되시는데 번번이 내 방으로 불러댈 수도 없는 노릇이고 말입니다. 그래서 그냥 사무실을 합쳤습니다. 그러는 편이 경비도 절감되고."

마지막 말은 우스갯소리였다.

그런데 그 우스갯소리에 왜 눈물이 핑 도는 것일까?

*   *   *

바보 삼형제가 미국에 도착한 것은 그로부터 이틀 후였다.

그사이 이미 백이십 명의 연구진도 다 짜여진 상태인 데다 미국 측이 임시로 마련해 준 조지아 공대의 기술연구소도 제반 설비가 상당히 잘 갖춰져 있어 기가스 컴퍼니의 미국 내 첫 번째 사업은 일사천리로 진행이 되었다.

혁준이 선별한 특허 기술과 그에 관련된 자료들을 바보 삼형제에게 넘기면 바보 삼형제는 그것으로 특허출원에 필요한 가장 기본적인 뼈대를 세우고 연구진들은 거기에 살을 붙여 상용화할 수 있는 시제품을 만들었다.

그렇게 미래의 전자 IT 분야의 핵심 기술을 특허 신청한 것만 벌써 240개가 넘었다.

하지만 그마저도 연구진들이 바보 삼형제의 속도를 따라가지 못한 결과였다. 그 때문에 혁준은 연구진을 지금의 두 배로 확충한다는 계획을 새로 세우고 이미 연구진 물색에 들어간 상태였다.

미국 특허법이 좋은 것 중 하나가 선원주의가 아니라 선발명주의라는 것이다. 출원에 상관없이 먼저 발명한 것이 장땡이라는 것인데, 그 때문에 완성된 시제품만 있으면 권리를 행사하는 데 아무런 지장이 없었다.

권리를 침해당할 위험 또한 없었다.

더구나 작년부터 미국에도 가출원 제도가 생기면서 굳이 정식 출원까지 기다릴 필요가 없어져서, 혁준은 가출원 단계에서 바로 기술 공개에 들어갔다.

무엇보다 집중적으로 공략한 것은 미래 기술의 집약체라 할 수 있는 스마트폰 관련 특허였다.

네크워크 환경에 관련된 것부터 터치스크린 패널, 디스플레이 모듈, 신개념 무선통신 모듈, CMOS 이미지 센서, PCB(인쇄회로기판), RAM, CPU, 운영체계, 인터페이스 등등… 스마트폰에 들어가는 특허 기술은 전자 IT 관련 모든 분야에 그대로 적용시킬 수가 있다는 계산하에 그 핵심 기술은 하나도 빼놓지 않고 깡그리 긁었다.

특히 그중에서도 중점을 둔 것은 MEMS(Micro—

Electromechanical System), 즉, 기존의 반도체 공정 기술을 응용해서 미세전자기계 부품을 만드는 기술이었다.

아직 스마트폰을 만들어내기엔 공정 기술 자체가 많이 떨어지는 만큼 스위치, 구동기, 칩 등에 적용해서 스마트폰의 크기를 소형화 경량화시키고 전력 소모를 획기적으로 줄이자면 MEMS 관련 기술들은 절대적으로 필요했다.

그래서 MEMS 관련 기술들은 아예 스마트폰으로 검색을 할 수 있는 26년 후의 것까지 죄다 특허출원 작업에 들어갔다.

거기에 더해서 모든 부품 기능을 하나의 칩에 집적, 고성능 저비용 소형화를 보다 효율적으로 이룰 수 있는 디지털 시대의 핵심 부품 기술인 2세대 SoC(시스템 온 칩)까지도 곁들여지니 미국 내 기업들이 정신없이 분주해진 거야 말할 것도 없다.

기가스 컴퍼니 본사에는 휴대폰 관련 기업들뿐만 아니라 얼마 전 세계 500대 기업에 선정된 컴퓨터 제조업체부터 새로운 광고 시대를 열면서 단번에 유명 브랜드가 된 CPU 회사, 작년 칠천만 달러의 적자를 남기고 급기야 CEO가 사임을 하는 등 최악의 경영난에 빠져 있는 미래의 혁신 기업, 실리콘밸리의 벤처기업 1호로 불리는 다국적 컴퓨터 정보기술 업체, 거기에 일본의 유명 전기전자 업체까지… 시대를 선도하는 세계 유수의 전자 IT 기업들이 그야말로 문전성시를 이루고 있었다.

의외였던 것은 그들이 원하는 기술이 스마트폰과 직접적으로 관련된 기술이 아니라는 것이다.

혁준이 내놓은 스마트폰 관련 기술은 아직은 그들이 받아들이기에 너무 앞서 나간 기술이었는지, 아니면 채산성이나 수익성 면에서 그리 매력적으로 보이지 않았는지 그들이 주로 탐을 내는 것은 RAM이나 CPU 등의 반도체 관련 기술과 고해상도의 LCD 패널, MEMS, SoC 등의 공정 기술과 그 플랫폼이었다.

특히 MEMS는 전자 IT 관련 기업뿐만 아니라 의료, 자동차 분야 쪽 기업에서도 접촉을 해올 정도로 그 반응이 뜨거웠다. 심지어 칼리고 발터의 파티장에서 보았던 존 마이스 회장의 GM사에서도 연락을 해왔을 정도였다.

그도 그럴 것이 소형화, 경량화, 그리고 전력 소모의 최소화는 어느 시대를 막론하고 모든 기업의 최우선 과제일 수밖에 없었고, 무엇보다 MEMS라는 기술 자체가 워낙에 다양한 분야에서 응용이 가능한 거대한 잠재력을 가진 기술이었던 것이다.

혁준은 이미 일차적으로 선별해 놓고 주식까지 미리 사들였던 기업들과 기술제휴를 맺어나가는 한편으로, 미래보다는 당장에 시장에서 통할 만한 기술들을 위주로 특허출원 방향을 약간 수정했다.

MEMS 기술은 혁준이 생각했던 것보다도 그 활용 가치가 더 높아서 여러 분야로 응용을 하자 굳이 미래의 기술을 뽑아 쓰지 않더라도 그 자체로 이미 혁신이 되고 신기술이 되기도 했다.

아무튼 기가스 컴퍼니란 이름은 그렇게 조용하면서도 빠르게 세계 경제계를 뒤흔들고 있었다.

전 세계를 통틀어 상품 가치가 상위 10퍼센트 안에 드는 특허의 절반을 기가스 컴퍼니의 이름으로 출원하겠다고 했던 지난날의 포부를, 또한 혁준은 그렇게 조용하면서도 빠르게 이루어가고 있었다.

제35장

거물? 아니, 괴물

칼리고 발터에게서 연락이 온 것은 그 무렵이었다.

자신의 목장으로 놀러 오라는 것이었다.

파티장에서 이후로 처음 온 연락이었다.

사실 까마득히 잊고 있었다.

너무 오래되기도 했거니와 그동안 워낙에 바쁘게 지내다 보니 아예 칼리고 발터에 대해서는 생각도 못 하고 있었다. 그런 약속을 했다는 것조차 전화를 받고서야 겨우 기억을 했을 정도였다.

혁준은 거절하지 않았다.

그렇잖아도 요즘 너무 일에만 매달려서 심신이 많이 지쳐 있기도 했거니와 이제는 일도 어느 정도 궤도에 올라서 시간 도 넉넉했다.

그래서 전화를 받자마자 그사이 마련한 전용 비행기에 바로 몸을 실었다.

마음 같아서는 차유경도 같이 데려가고 싶었지만 대외적인 업무와는 달리 회사 내부적으로는 아직 한창 바쁠 때여서 안타깝게도 시간을 내지 못했다.

어쨌든 그렇게 해서 날아간 곳은 켄터키 주였다.

켄터키 주에 있다는 칼리고 발터의 목장을 찾아간 혁준은 목장 앞에 도착해서는 입을 쩌억 벌려야 했다.

"이게 목장이라고?"

이건 목장이 아니었다.

끝과 끝이 한눈에 다 들어오지도 않았다.

도대체 몇 개의 산을 깎은 건지 감도 잡히지 않았다.

거기다 저 멀리 보이는 두 개의 산봉우리 아래로 떡하니 자리를 잡고 있는 것은 어이없게도 유럽풍의 성이었다.

'이게 무슨 중세의 영지도 아니고, 이 양반의 돈질은 정말 상상을 초월하는군.'

캘리언 저택에서도 느꼈던 거지만 돈질 한번 제대로 하는 양반이다.

그런데도 세상의 존경을 받는 걸 보면 사치를 부리는 만큼 세상의 신뢰를 받는다고 했던 차유경의 말이 맞긴 맞는 것 같다.

혁준이 도착하자 목장 관리인이 차를 끌고 마중을 나와 있었다.

목장 관리인의 차를 타고 가다 보니 목장 전체가 방목지처럼 느껴질 만큼 곳곳에 자유로이 풀을 뜯고 있는 말들이 보였다.

역시 말이란 건 사람에게 묘한 감흥을 주는 것 같다.

특히 갈기를 휘날리며 초원을 가로지르는 그 역동적인 모습은 절로 감탄을 자아내게 만든다.

경마장에서 볼 때와는 그 느낌이 완전히 달랐다.

'나도 말이나 길러볼까?'

이런 목장까지는 아니더라도 적당한 목장 하나를 사서 몇 마리 말을 길러보는 것도 꽤 괜찮을 것 같았다.

'아무래도 좀 있어 보이기도 하고.'

솔직히 말하면 지금 혁준은 칼리고 발터를 상당히 부러워하고 있었다. 아니, 그건 차라리 동경에 가까웠다.

많은 것을 가졌고 또 그 많은 것을 제대로 영유할 줄 아는 사람이다.

한마디로 멋지게 산다.

어쩌면 혁준의 이상에 가장 가까운 사람일지도 몰랐다.

혁준이 그런 생각을 하는 동안, 목적한 곳에 도착했는지 차가 멈췄다.

어느 마사 앞이었다.

그때 혁준의 눈에 들어온 것은 적갈색의 말이었다.

방금 목욕을 마쳤는지 남은 물기를 다 말리려고 볕바라기를 하고 있었는데 두 발을 껑충 들어 올려 갈기를 터는 모습은 그야말로 장관이었다.

그런 말의 고삐를 잡고 있는 것이 바로 칼리고 발터였다.

"어, 왔는가?"

그렇게 인사를 건네 오는 칼리고의 옷은 온통 물기로 젖어 있었다.

"손수 목욕까지 시켜주신 겁니까?"

"이 녀석이 워낙에 까탈스러운 녀석이라서 말이네. 삼 일 후가 경긴데 경기 전에 내가 직접 목욕을 시켜주지 않으면 정작 경기 때 꼭 문제를 일으키거든."

말을 쓰다듬는 손길만 보아도 칼리고 발터가 말을 얼마나 좋아하는지 알 수 있었다. 그 말 또한 칼리고 발터를 보는 눈에 무한한 신뢰를 담고 있었다.

주인과 말 사이에 오가는 그 교감이 멋져 보이기도 하고 부럽기도 한 혁준이다.

"그나저나 자네… 이젠 영어를 곧잘 하는구만."

칼리고의 말에 혁준이 가볍게 웃어 보였다.

"예. 미국에서 살려니까 영어 정도는 배워둬야 할 것 같아서요."

공부 좀 했다.

물론 개인 교습 선생은 차유경이었다.

원래부터 영어에는 소질이 있었던 건지 아니면 워낙에 좋은 선생을 둔 때문인지 틈틈이 짬을 내서 배우는 정도였는데도 실력은 부쩍 늘었다.

그래서 지금은 일상적인 대화 정도는 가능할 정도가 되어 있었다.

"그런데 제게 구경시켜 주시겠다는 말은 어디에 있습니까?"

"아, 바이론 말인가? 그놈 지금 어디에 있지?"

"피서가 데리고 있습니다."

관리인의 말에 칼리고가 두어 차례 고개를 끄덕이며 혁준을 보았다.

"피서가 데리고 있다면 마침 재미난 구경을 할 수가 있겠군."

그렇게 의미 모를 말을 건넨 칼리고가 관리인에게 말고삐를 넘기고는 터벅터벅 앞장서 걸었다.

혁준이 옆에 서서 보조를 맞추자 칼리고가 바이론에 대해서 말했다.

"내가 원래는 혈통 좋은 놈을 그다지 선호하지는 않아. 어차피 혈통 좋은 놈이야 굳이 내가 아니더라도 좋은 성적을 내게 마련인데, 좋은 성적을 내는 게 당연한 놈을 가지고 좋은 성적을 내봐야 무슨 재미가 있겠냔 말이지. 그래서 내가 데리고 있는 녀석들은 전부 혈통이랄 것도 없는 잡말들이지. 그 유일한 예외가 바로 바이론이네. 혹시 삼관 경주라고 아는가?"

삼관 경주야 알고 있다.

3세 마만 참가할 수 있는 경주로 캔터키 더비와 프리크니스 스테익스, 벨몬트 스테익스 이들 세 개 대회를 통칭하는 것이었다. 이 경기들은 전 세계에서 가장 유명하고 권위 있는 대회임과 동시에 전 세계 경마인들이 가장 사랑하는 대회이기도 했다.

"110년이 넘는 기간 동안 삼관 경주를 모두 휩쓴 말은 오직 11필뿐이네. 그중 2대에 걸쳐서 트리플 크라운을 달성한 것은 갤런트 폭스의 혈통뿐이지. 그래 봐야 벌써 60년이나 지난 일이지만… 바이론이 바로 그 갤런트 폭스의 유일한 혈통이네."

"좋은 성적을 내는 게 당연한 놈을 가지고 좋은 성적을 내

봐야 무슨 재미냐고 하셨지 않습니까? 근데 왜 그렇게 좋은 혈통의 말을……?"

"그건 직접 보면 알 것이네. 좋은 혈통이긴 하지만 좋은 성적을 내는 게 당연한 놈은 아니거든."

"……?"

혁준의 궁금해하는 시선을 짐짓 모른 척하며 칼리고가 걸음을 서둘렀다.

그렇게 10분 정도를 더 걸었을 때였다.

혁준의 앞에 방목장처럼 생기긴 했지만 그보다는 좁은, 울타리가 두텁게 쳐져 있는 조련장이 나타났다.

칼리고의 걸음이 멈춘 것도 바로 그때였다.

순간, 혁준은 좋은 혈통이긴 하지만 좋은 성적을 내는 게 당연한 놈은 아니라는 칼리고의 말을, 그 의미를 바로 알아차렸다.

그리고 저도 모르게,

"푸핫!"

뿜어내고 말았다.

* * *

조련장 안에는 피서라는 조련사와 바이론이 있었다.

그런데, 이건 피서가 바이론을 조련하는 건지 바이론이 피서를 조련하는 건지 도무지 모를 지경이었다.

"으아아아아아아아아아!"

바이론에게 대롱대롱 매달린 채 질질 끌려다니다시피 하고 있는 피서가 연신 비명을 질러대고 있었다.

그 모습이 상당히 위험해 보일 수도 있는데도 혁준이 웃음부터 터뜨린 것은 피서의 복장 때문이었다.

보호 장비를 착용하긴 했는데 그게 일반적인 보호 장비가 아니었다.

아니, 일반적인 보호 장비를 착용하긴 했는데 그 위에 이것저것 겹겹이 입고 덧대서 마치 곰돌이 인형 푸우를 보는 것 같았다.

바이론에게 대롱대롱 매달려 질질 끌려 다니는 곰돌이 인형 푸우.

혁준의 눈에 들어온 첫 광경이 딱 그랬던 것이다.

"야생마입니까?"

어떻게 봐도 아직 길들여지지 않은 걸로 보였다. 하지만 그런 혈통을 가진 말이 아직까지 길이 들여지지 않았다는 것도 이상한 일이었다.

"야생마는 아니네. 경주에도 이미 여러 차례 출전을 한 경험도 있고. 다만… 또 뭔가 심사가 뒤틀린 거지."

단지 심사가 뒤틀린 거라고 하기에는 너무 난폭했다.

조련사만 해도 미리부터 저런 우스꽝스러운 보호구를 착용하고 있었다는 것부터가 이런 위험천만한 상황을 겪는 게 한두 번이 아니라는 뜻이었다.

"사실 저 녀석을 처음 봤을 때는 지금보다 더 말도 안 되게 난폭한 녀석이었지. 전 주인의 말로는 저 녀석 때문에 갈아치운 조련사만 네 명이었다더군. 무능해서 자른 게 아니라 전부 다치거나 스스로 그만둔 케이스지. 그래서 결국 포기하고 내게 넘긴 것인데… 흔히 최고의 경주마를 요염한 여인에 비유하기도 하는데 바이론을 한번 보게. 체고와 체장이 비슷하고 머리는 작고 가벼운 데다 보폭은 넓고 보행은 날 듯이 경쾌한 것이 절색의 미녀처럼 요염해 보이지 않는가? 경주마로서 이보다 더 좋은 조건을 갖추기란 정말 쉽지가 않거든. 혈통이라는 게 이래서 무시를 할 수가 없는 거지."

대체 저 난폭한 녀석의 어디가 요염하다는 건지는 모르겠지만 한눈에 보기에도 녀석이 경주마로서 상당히 좋은 조건을 갖추고 있다는 것 정도는 알 수 있었다.

말에 대한 문외한이라도 그 정도는 쉽게 짐작할 수 있을 만큼 바이론은 지금까지 혁준이 본 경주마들 중에 단연 압도적인 존재감을 보이고 있었다.

"바이론이 내게 왔을 때, 솔직히 말하면 욕심이 났었네. 지금까지 네 마리의 말을 삼관 경주에서 우승시킨 적이 있지만 5주라는 짧은 시간 동안 치러지는 그 지옥의 레이스에서 트리플 크라운을 차지하기에는 역시 혈통의 한계가 있더란 말이지. 물론 지난 18년간이나 트리플 크라운이 탄생하지 않은 것을 보면 좋은 혈통이라도 그런 영예를 차지하는 건 기적에 가까운 일일 테지만 말이네."

흔히 스포츠계에서 말하는, 달성하기 힘든 5대 업적이라는 것이 있다.

뉴욕 양키스와 보스턴 레드삭스 등 강팀이 즐비한 아메리칸리그 동부 지구에서 우승하는 것과, 골프에서의 더블 이글, 테니스 그랜드슬램 달성, 메이저리그에서의 4할 타율, 그리고 바로 미국 삼관 경주의 트리플 크라운이다.

관점에 따라 다르지만 그중 가장 어려운 것이 트리플 크라운이라고 하는 이유는, 다른 네 가지와는 달리 3세 마만 출전할 수 있는 삼관 경주의 트리플 크라운은 그 말에게 있어 출전도 우승도 일생에 단 한 번의 기회밖에 없기 때문이다.

"저 녀석을 잘만 길을 들이면 어쩌면 18년 만의 위업을 내 손으로 이룰 수 있을지도 모른다는 욕심을 가지긴 했었네만… 보다시피 아직도 저 모양이지. 제 기분 좋을 때는 경주에 나가서 더러 우승도 하긴 하는데 안타깝게도 그렇게 기분 좋을 때가 드물단 말이지. 대개는 경쟁 말을 물어뜯거나 기수를 낙마시키거나, 그도 아니면 아예 출발선에서 꼼짝을 안 할 때도 있고… 그 바람에 트리플 크라운은커녕 삼관 경주의 출전 요건조차 아직 다 채우지를 못했다네."

어지간히도 속을 썩이는 모양인지 칼리고의 한숨 속에는 진한 아쉬움이 그대로 묻어나고 있었다.

그러는 사이 결국 피서가 바이론에게서 떨어져서 데굴데굴 굴렀다.

콧김을 씩씩 내뿜으며 그런 피서를 내려다보던 바이론이 마치 전장에서 승리한 장수처럼 한껏 거만한 자태로 피서 주위를 한 바퀴 돌더니 이내 조련장 안을 신나게 내달린다.

그런 바이론을 보고 있던 혁준이 불쑥 말했다.

"저놈 제가 한번 길들여 보고 싶은데요?"

혁준의 말에 칼리고가 어리둥절한 표정을 한다.

"자네가?"

"예."

"자네 말도 다룰 줄 아는가?"

"아뇨. 한 번 타본 적도 없습니다만… 어차피 저놈 제가 보기엔 말 좀 다룬다고 길들일 수 있는 놈은 아닌 것 같은데요?"

그야 그렇다.

난다 긴다 하는 조련사들이 다 나가떨어진 판국이 아닌가.

피서만 해도 그쪽 계통에선 삼관 우승마만 8두를 만들어낸 최고의 베테랑이었다.

하지만 아무리 그렇다고 해도 말 한 번 타본 적도 없다는 혁준이 어떻게 바이론을 길들이겠다는 건지 도무지 이해가 되지 않았다.

그렇게 어리둥절해하고 있는 칼리고를 향해 혁준이 말했다.

"한국에는 이런 속담이 있습니다."

"……?"

"매가 약이다."

"……??"

칼리고는 더욱 어리둥절해했고 그런 칼리고를 보며 혁준이 씨익 웃었다.

"제가 보기에 저놈, 사람을 완전히 개무시하는 걸로 보여서 말입니다."

사람을 제 놈 발아래로 보고 있는 것이 틀림없었다.

그래서 말을 안 듣는 것이다.

그렇다면 누가 위인지 그것만 확실하게 가르쳐 주면 된다.

말 조련법에 대해선 잘 모르는 혁준이지만, 사람이든 동물이든 간에 말 안 듣는 것들에겐 매가 약이란 것쯤은 알고 있었다.

혁준은 칼리고의 승낙이 떨어지기도 전에 훌쩍 울타리를 넘었다.

"이보게 준. 보호 장비라도 착용하고……."

"아닙니다. 보호 장비를 착용하는 것부터가 녀석에게 꿀리고 들어가는 것이니… 그래서야 어디 녀석이 승복을 하겠습니까?"

"아무리 그래도 그렇지… 저 녀석 성질머리야 자네도 보았지 않는가? 자칫하다가는 크게 다칠 수도 있네."

"괜찮습니다. 제 성질머리도 그리 온순한 편은 아니거든요."

그 말을 끝으로 혁준은 뒤도 돌아보지 않고 바이론을 향했다.

그 당당함이 오히려 더 불안한 칼리고가 급히 피서에게 만일의 사태를 대비할 것을 지시했다.

곰돌이 인형 피서가 데굴거리며 근근이 몸을 일으켜서는 뒤뚱뒤뚱하며 혁준을 향해 달려갔지만 그때는 이미 혁준이 바이론의 앞을 막아선 후였다.

더욱 불안해진 눈으로 혁준을 보는 칼리고와 뒤뚱뒤뚱 다급한 걸음을 옮기는 피서, 그리고 갑자기 자신의 앞을 가로막고 선 혁준을 보며 '이건 또 뭐야?'라는 눈빛으로 거만하게 내려다보는 바이론.

그때였다.

씨익.

혁준의 입가에 어떤 사악한 미소가 걸린 순간, 혁준이 바이론의 긴 얼굴을 향해 그대로 라이트 훅을 날려 버렸다.

뻐억—!

둔탁하고 섬뜩한 타격음에 이어,

"끼히힝!"

단말마 비명을 토한 바이론의 그 육중한 몸이 크게 휘청했다.

그 갑작스러운 상황에 불안한 눈을 하고 있던 칼리고도, 다급한 걸음을 뒤뚱거리고 있던 피서도, 그리고 느닷없는 공격에 정신이 아찔해지는 고통을 맛본 바이론조차 황당하고 어이없다는 눈으로 혁준을 보고 있었다.

그리고 이어지는 잠깐의 정적… 물론 정적은 아주 잠깐일 뿐이었다.

"이히히히히히히힝!"

분노로 눈이 뒤집어진 바이론이 혁준을 두 발로 찍어버리기라도 할 것처럼 한껏 앞발을 들어 올렸다.

그야말로 말이 빡이 돈 것이다.

하지만 혁준은 조금도 겁먹지 않고 녀석의 고삐를 잡고 그대로 아래로 끌어내렸다.

한껏 앞발을 치켜들었던 바이론이 그 악력을 버티지 못하고,

쿵!

그대로 턱부터 바닥에 내다 꽂혔다.

한 번도 경험해 보지 못한 힘 앞에 순간 바이론의 눈에 분노 대신 당황이 어렸다.

그러나 그 역시도 잠깐에 지나지 않았다.

앞발에 힘을 실어서는 있는 힘껏 상체를 세우자 이번엔 고삐를 잡고 있던 혁준이 그대로 허공중에 둥실 떠올랐다.

아무리 원 플러스 원이 된 혁준이지만 말의 힘이란 건, 특히나 경주마 최고의 혈통인 바이론의 힘이란 것은 쉽게 제압할 수 있을 만한 것이 아니었던 것이다.

그때부터는 그야말로 개싸움이었다.

혁준은 바이론의 목을 조르기도 하고 갈기를 쥐어뜯기도 하는가 하면 바이론는 혁준을 물어뜯기도 하고 몸으로 밀기도 하고 껑충껑충 뛰어 위협스럽게 앞발을 휘두르기도 했다.

치열했다.

살벌도 했다.

그러면서도 우스꽝스럽기도 했다.

사람과 말이 온 힘을 다해 몸의 대화를 하는 이 말도 안 되

는 광경을 보고 있는 칼리고는 그저 황당해서 벌린 입을 다물지 못하고 있었다.

"대체……."

이게 가능한 일인가 싶었다.

한번 심통을 부리면 조련사 네 명이 붙어서 끌어도 한 발짝도 움직일 수 없던 게 바이론이었다. 한 번은 녀석을 길들이기 위해 조련사 여섯 명이 중무장을 하고 달려들었던 적도 있었다.

그런데도 조련사 두 명의 갈비뼈만 부러졌을 뿐, 아무런 소득도 얻지 못했었다.

그런 바이론이었다.

저 동양의 젊은 사내는 지금 그런 바이론과 혼자서 사투를 벌이고 있는 것이다. 그것도 시간이 지날수록 점차 우세한 상황으로 끌고 가고 있었다.

칼리고가 혁준의 이름을 처음 듣게 된 것은 미키 캔터 상무부 장관으로부터였다.

한국 정재계를 뒤흔들고 있다는 동양의 어느 젊은 청년 사업가에 대한 이야기였다.

국가 권력에 당당히 맞서고 있는 그 패기에 한 번 놀랐고 그가 세상에 내놓은 많은 특허 기술에 또 한 번 놀랐다.

바로 감이 왔다.

세계 경제계에 거물이 하나 등장했다고.

그만한 패기와 그만한 기술력을 가졌다면 능히 세상을 놀라게 할 수 있을 거라고.

하지만 지금 이 순간 칼리고는 그 생각을 조금 수정하고 있었다.

거물이 아니었다.

"저건 그냥 괴물이로군."

　인간과 말의 종족을 초월한 사투는 무려 네 시간이나 이어
졌고 그 사투의 끝은 바이론이 네발을 모두 땅에 꿇으면서 혁
준의 승리로 끝이 났다.

　힘에서만큼은 바이론이 우세했지만 민첩함에서는 혁준이
훨씬 더 앞섰고 거기다 두 손을 자유롭게 사용할 수 있다는
장점이 워낙에 컸다.

　하지만 그럼에도 무릎을 꿇고 항복 선언을 한 바이론이나
그 옆에 털푸덕 엉덩이를 깔고 바이론에게 등을 기댄 채 숨을
몰아쉬고 있는 혁준이나 기진맥진해 있기는 마찬가지였다.

"자네… 괜찮은가?"

사투가 끝나고도 얼마간 멍하니 바라만 보고 있던 칼리고가 그제야 그들에게로 다가와 물었다.

그때까지도 바이론의 등에 기대어 숨을 고르던 혁준이 칼리고의 질문에 '끙차' 소리를 내며 몸을 일으켰다.

"저는 괜찮습니다. 근데 이 녀석이 어떨지 모르겠네요."

혁준이 그렇게 대답하고는 바이론을 내려다보았다.

그러자 바이론이 자신도 괜찮다는 듯 푸르릉거리며 몸을 일으켜 세운다.

그런 바이론의 눈빛은 여전히 사납고 거만했다. 고개를 빳빳이 세운 모습은 도무지 싸움에 진 개, 아니, 말의 모습이 아니었다.

심지어 피서가 녀석의 말고삐를 쥐려 하자 싫다는 듯 투레질을 해대기까지 했다.

그건 오히려 혁준과 싸움을 벌이기 전보다도 더 반항적인 모습이었다.

물론 그건 어디까지나 칼리고와 피서에게만 해당되는 일이었다.

혁준이 피서로부터 고삐를 건네받자 언제 그랬냐는 듯 순한 양이 된다.

"이제야 주인을 정한 거로군."

그렇게 중얼거리는 칼리고의 목소리에는 진한 아쉬움과 부러움, 그리고 체념이 묻어 나왔다.

혁준도 알고 있었다.

바이론이 자신과의 사투 끝에 끝내 자신에게 무릎을 꿇었을 때, 단지 힘에 굴복당한 것이 아니라 이미 자신을 주인으로 인정해 버렸다는 것을.

또한 두 주인을 섬기기엔 자존감이 너무 강한 녀석이라는 것도.

"이 녀석, 저한테 주십시오. 값은 얼마든지 쳐 드리겠습니다."

어쩌면 칼리고에겐 무례한 제안일 수도 있지만, 바이론이 주인을 정했는데 그 주인 된 자가 그 마음을 외면할 수는 없는 일이었다.

게다가 무엇보다 싸우면서 정이 든다고, 혁준도 이 야생마 같은 녀석이 너무 마음에 들었다.

다행히 칼리고는 그의 제안을 무례하게 생각하지도, 그 제안을 거절하지도 않았다.

"어차피 다른 주인을 섬기기로 한 녀석인데 내가 더 붙들고 있어봐야 뭣하겠는가. 자네가 데리고 가게. 내 오늘 좋은 구경도 했으니 그 보답으로 선물한 셈 치지. 그런데 이 녀석을 데려다 둘 곳은 있나? 말 한 번 타본 적이 없다고 했으니

달리 목장이 있는 건 아닌 것 같은데……?"

"없습니다. 이참에 하나 장만하죠 뭐."

"그런가? 그럼 웨스트버지니아나 일리노이 쪽에 꽤 괜찮은 목장이 있으니 그쪽으로 한번 알아보게. 내년의 삼관 경주를 위해서라도 여기와 가까운 곳이 좋을 테니까."

"삼관 경주요?"

"길까지 들었는데 당연히 트리플 크라운을 한번 노려봐야 할 것 아닌가? 애초에 트리플 크라운이란 용어 자체가 이 녀석의 선조인 갤런트 폭스에게서 비롯된 것이니, 60년을 거슬러서 그 후손이 트리플 크라운에 도전한다면 그것만으로도 충분히 흥미롭고 이슈가 될 만한 일이지. 바이론에게도 의미가 있는 일이고 말이야."

"음……."

"물론 쉽지만은 않을 거야. 삼관 경주 자체도 지옥의 레이스지만 아직 자격 요건조차 충족시키지 못한 바이론에겐 삼관 경주에 출전하는 자격을 얻는 것부터가 꽤나 험난한 일정이 될 테니까. 하지만 힘들어도 그만한 가치는 있는 일이네. 미국에서 대중들에게 가장 사랑받는 4대 스포츠라 하면 야구, 농구, 미식축구, 하키일 것이네. 그러나 미국 최초의 대중 스포츠는 경마지. 또한 경마야말로 부와 명예의 상징과도 같은 것이고. 영국의 식민지 시절부터 미국 내에서는 영국에서 수입된 서러브레드 경주마의 소유 여부가 개인의 부와 사회적 신분을 상징했었고 그건 지금까지도 크게 달라지지 않았으니까. 그런 면에서도 트리플 크라운에 도전하는 건 의미가 있지. 그건 곧 미국 특권층들의 부와 명예에 대한, 그 자부심에 대한 도전이기도 하니까."

들고 보니 구미가 확 당긴다.

경마가 단지 도박의 한 종류라고만 인식하고 있던 혁준에겐 신선하기도 하고 흥미롭기도 한 이야기였다.

"삼관 경주의 출전 자격이라는 거, 뭐부터 하면 되는 거죠?"

그렇게 묻는 혁준의 눈은 벌써부터 승부욕으로 빛나고 있었다. 그런 혁준을 보며 유쾌하게 웃어 보이는 칼리고였다.

*   *   *

혁준이 기가스 컴퍼니로 돌아온 것은 다음 날 저녁 무렵이었다.

혁준은 한시라도 빨리 바이론을 데려오기 위해 일단 목장부터 알아봤다.

"목장요?"

"칼리고가 몇 군데 추천을 해준댔으니까 한 번씩 둘러보려고요. 그러자면 한 삼 일 정도는 자리를 비워야 하니까 그렇게 준비해 줘요."

차유경을 부사장으로 승진시키고 비서팀을 새로 꾸리기도 했지만 여전히 혁준은 차유경에게 많은 것을 의지하고 있었고 차유경도 굳이 그런 것을 마다하지 않았다.

아니, 부사장이 되고부터는 늘 같이 있을 수가 없게 되어서인지 자신이 옆에 있는 날에는 오히려 더 살뜰히 혁준을 살피는 경향이 있었다.

그나저나 목장이라니?

혁준의 느닷없는 지시에 차유경이 고운 미간을 찡그렸다.

이렇게 바쁜 시기에 웬 목장인가 싶은 것이다.

하지만 한 번 마음을 정하면 되돌리는 법이 없는 혁준이라는 걸 너무도 잘 알고 있었다.

게다가 그로써 칼리고와 친분을 더욱 돈독히 쌓을 수 있다면 그것만으로도 충분히 가치 있는 일이었다.

"알겠어요. 그렇게 준비할게요."

그 무렵이었다.

개인의 부와 사회적 신분의 상징이니, 미국 특권층들의 명예와 자부심에 대한 도전이니 그런 걸 떠나서 순수하게 그저 마음에 드는 취미 생활을 위해 그가 그렇게 쓸 만한 목장을 알아보고 있을 무렵, 기가스 컴퍼니의 이름이 미국 내 메이저 신문사에 처음으로 등장했다.

[GM, 프랑크푸르트 모터쇼에서 미래형 자동차 선보여]
―GM은 이번 모터쇼에서 안전한 운전을 보장하는 신개념 에어백 시스템과 최첨단 무단변속 기능, 그리고 연비를 획기적으로 줄인 직접분사방식 엔진을 선보였다. 이 모든 장치는 MEMS 기술이 바탕이 된 것으로 GM은 기가스 컴퍼니와의 기술제휴를 통해 미래형 자동차를 완성시켰다고 밝혔다.

기가스 컴퍼니의 이름은 고작 한 줄도 되지 않는 기사였다.

하지만 그것이 불러온 반향은 컸다.

지금까지 정보력이 강한 몇몇 대기업끼리만 그 정보가 공유되고 있었을 뿐, 기가스 컴퍼니에 대해 아예 모르고 있었거나, 아니면 이름은 들어보았지만 거의 무명에 가까운 곳의 기술을 무턱대고 가져다 쓰기에는 불안해하던 기업들이 그제야 부랴부랴 움직이기 시작한 것이다. 그도 그럴 것이 이번에 포춘지 선정 세계 500대 기업 중 당당히 1위를 차지한 GM이 기술제휴를 맺었다면 그것만큼 확실한 보증이 없는 것이다.

그렇게 미국 경제계가 들썩이고 있었다.

기가스 컴퍼니 본사 앞에는 하루에도 수백 명이 혁준을 만나기 위해 꼬리에 꼬리를 물고 길게 늘어서 있었다.

그건 아예 미국 경제계 전체가 움직였다고 해도 과언이 아닐 정도였다.

*　　　*　　　*

"이건 정말 해도 해도 끝이 없네."

혁준이 기가 질린다는 얼굴로 고개를 잘래잘래 저었다.

방금 나간 ITT사까지 오늘만 모두 22개의 회사를 만났다.

22개 회사를 만나는 동안 12시간이 걸렸으니 거의 30분당 하나 꼴로 만난 셈이다.

벌써 며칠째 그러고 있었다.

이젠 지긋지긋하다 못해 이젠 그야말로 기가 다 질릴 지경이었다.

"무슨 번갯불에 콩 볶아 먹는 것도 아니고……."

그럼에도 예약된 회사의 전체 수는 오히려 날이 갈수록 늘어만 가고 있으니 정말이지 환장할 노릇인 것이다.

이대로라면 한 회사당 면담 시간을 지금보다도 더욱더 줄여야 할 판국이었다.

지금만 해도 계약은 일단 뒤로 미루고 얼굴을 마주한 채 서류만 대강 훑어보는 식이었다. 이보다도 더 짧아진다면 이렇게 면담을 가지는 시간조차도 아껴야 할 판국이었다.

"그래서야 선별 작업이 무슨 의미가 있겠냐고. 그럴 바에는 차라리 그냥 서류 신청이나 받고 말지."

아닌 게 아니라, 정말이지 심각하게 고민해 볼 일이다.

"앞으로 얼마나 남았어?"

"오늘 예약된 곳은 네 곳이에요. 전체적으로는 472곳이구요."

"뭐야? 그럼 어제보다 60곳이나 더 늘어난 거잖아?"

"예. 이제 미국뿐만 아니라 유럽과 아시아 쪽에서도 방문 예약을 문의해 오고 있는 중이라 앞으로는 지금보다도 더 많아질 거예요."

"하아……."

듣고 보니 한숨만 나온다.

하루에 기껏 서른 개 기업을 만날까 말까 하는 판국인데 추가로 하루에 잡히는 예약자가 그 두 배가 넘으면 그걸 대체 무슨 수로 감당을 한단 말인가?

"역시 이대로는 안 되겠어. 뭔가 다른 방법을 찾든지 해야지. 일단 나중에 따로 연락을 주겠다고 하고 오늘 면담 예약된 것부터 해서 전부 다 취소해 줘."

역시 이대로는 안 된다.

이제 겨우 남부럽지 않게 살게 되었는데, 이러다가는 그걸 제대로 누려 보지도 못한 채 평생 사람만 만나다 돌아가실 판이다.

뭔가 보다 효율적인 방법을 찾아야겠다.

칼리고에게서 연락이 온 것은 다음 날이었다.

*　　*　　*

"경주가 잡혔다고요?"

바이론의 경주 일정이 잡혔다는 연락이었다.

여러 후보군을 둘러만 보았을 뿐, 갑자기 일이 바빠지는 바람에 아직 목장을 구입하지 못한 혁준이었다.

그 바람에 바이론은 아직도 칼리고의 목장에서 맡아 관리하고 있었다.

칼리고의 양해하에 훈련에서부터 기수를 정하는 일까지, 출전에 필요한 모든 것은 이미 조교사인 피서에게 일임을 해둔 상태였다. 아마도 삼관 경주의 자격을 얻자면 되도록 많은 대회에 출전해서 좋은 성적을 거둬야 하는 만큼 서둘러 일정을 잡은 모양이었다.

일주일 후에 있을 샌포드 스테이크스라고 했다.

그리고 일주일 후.

혁준은 일주일 후 바로 샌포드 스테이크스 대회가 열리는 뉴욕의 사라토가로 날아갔다.

샌포드 스테이크스는 대회 등급이 최고 등급인 G1 대회가 아니라 한 등급 떨어지는 G2 대회였다. 그런데도 대회 당일 몰려든 인파는 혁준의 상상을 초월할 정도였다.

하지만 혁준을 더 놀라게 한 것은, 마주로서의 자격 때문인지 아니면 사전에 칼리고의 언질이 있었던 건지 안내원의 안내를 받아 특별석에 도착한 직후의 일이었다.

그를 향해 손을 들어 보이는 칼리고 옆으로 지난날 파티장에서 보았던 미국 경제계의 거물들이 대거 와 있었던 것이다. 심지어 무척 친하기라도 한 것처럼 혁준을 향해 반갑게 인사까지 건네오고 있었다.

"허허. 준, 자네가 요즘 미국 경제계를 한 손에 쥐고 흔들고 있다는 소문이 사실은 사실인가 보군. 이 사람들 이거, 그 사이 태도들이 너무 달라졌잖아."

아닌 게 아니라 혁준을 대하는 그들의 태도는 지난 파티 때와는 확연히 달라져 있었다.

혁준은 그저 어리둥절할 뿐이다.

그들의 달라진 태도 때문이 아니라 그들이 왜 이곳에 있는 건지 그것부터가 이해가 되지 않았다.

칼리고의 말처럼 경마라는 건 미국 특권층들의 명예와 자부심과 직결된 스포츠였고 여기에 모인 사람들이 바로 그 특권층인 이상 그들이 경마장을 찾은 것은 그리 이상할 것이 없는 일이었다.

모르긴 몰라도 그들 또한 소위 명마라고 불리는 말 몇 필쯤은 다들 소유하고 있을 터였다.

하지만 아무리 그렇다고 해도 초 단위로 시간을 쪼개서 쓰는 대기업의 주인들이 삼관 경주도 아니고, 고작 G2 경기에 이렇게 한꺼번에 몰려왔다는 것은 말이 안 되는 일이었다.

"당연히 자네를 만나러 온 거지."

의아해하는 혁준에게 칼리고가 넌지시 말했다.

"저를요? 왜요?"

"그거야 자네에게 뭔가 요구할 게 있어서이지 않겠나? 군이 장소를 이곳으로 택한 것으로 보면 자네를 설득시키는 일에 내 도움을 바라고 온 것인 것 같기도 하네만, 그런 건 신경 쓰지 말게. 나는 일절 그런 것에는 관여치 않을 테니까. 그게 발터가의 사업과 관계된 것이라고 해도 말이네. 그건 앞으로도 마찬가지고. 나는 내 인맥을 튼튼히 하고자 내 친구를 이용할 생각이 없네. 내 친구를 이용해 돈을 벌고 싶은 생각은 더더구나 없고."

칼리고가 모두에게 들으라는 듯, 아니, 질책이라도 하듯 차갑게 한 자 한 자 힘주어 말하자 그런 속내를 고스란히 들켜버린 기업주들이 하나같이 곤혹스러워하는 표정을 지었다.

그중에는 칼리고의 사촌 동생이자 현 발터그룹의 회장인 볼포니 발터도 포함되어 있었다.

그 바람에 더더욱 궁금해진 혁준이다.

칼리고의 도움까지 바라면서 그들이 자신에게 원하는 것이란 게 대체 뭘까?

의문은 길지 않았다.

현 상황에서 그들이 경마장까지 찾아와서 자신에게 요구할 만한 건 그렇게 범위가 넓지 않았다.

"혹시 기술 독점을 원하시는 겁니까?"

기가스 컴퍼니가 내놓은 기술에 대한 독점 계약.

좋은 기술이 세상에 나왔을 때 기술제휴를 맺고자 하는 기업들이 가장 먼저 요구하는 게 바로 독점 계약이었다. 그건 이미 한국에서도 숱하게 겪어본 일이었다.

아니나 다를까, 모두가 정곡을 찔린 듯한 표정들이다.

그런 중에도 서로의 눈치를 보며 선뜻 이렇다 할 의사표현을 하지 않는 것을 보면 아마도 경마가 끝난 다음에 따로 자리를 마련할 생각인 모양이었다.

하지만 혁준은 굳이 길게 끌 생각이 없었다.

그렇다고 무작정 거절할 생각도 없다.

차라리 잘되었다 싶었다.

그렇잖아도 기가스 컴퍼니로 몰려드는 수백 개 기업을 어떻게 처리해야 할지 고민이 많던 참이다.

처음의 계획대로 몇몇 기업만 선별을 해서 기술을 넘길지, 아니면 아예 모든 기업에 다 뿌려 버릴지.

각기 장단점이 있었다.

몇몇 능력 있는 소수의 기업을 선별하면 그만큼 관리가 수월해지고 기술의 고급화를 이룰 수 있다. 기술의 고급화는 곧 기가스 컴퍼니의 이미지에도 긍정적인 효과를 가져다줘 장기적으로 기가스 컴퍼니의 브랜드 가치를 높이는 데 도움이 될 것이다.

반대로 모든 기업에 뿌리면 그만큼 관리는 힘들어지고 기술은 일반화된다.

일반화가 나쁜 것은 아니지만 여러 가지로 골치 아픈 문제들이 터져 나올 가능성이 있었다. 대신 많이 뿌리는 만큼 벌어들이는 수익 면에서는 몇몇 기업을 선별하는 것보다는 훨씬 더 좋을 수밖에 없다.

그렇게 두 가지의 선택지로 고민하고 있던 중에 바로 지금 독점 계약이라는 새로운 선택지가 하나 더 생긴 것이다.

'들어본다고 나쁠 거야 없지.'

독점 계약을 원하는 거라면 당연히 그에 상응하는 조건을 가져왔을 것이고 그것이 충분히 매력적인 것이라면 독점 계약이라고 해서 굳이 마다할 이유가 없다.

게다가 그렇게 계약을 체결하고 나면 아직 계약을 체결하지 않은 기술이나 앞으로 새롭게 특허출원 될 기술에 대해서도 타 기업과의 계약에 바로미터로 써먹을 수가 있었다.

혁준이 13명의 회장단을 둘러보며 말했다.

"까놓고 말씀들 해보시죠. 저희가 기술 독점을 약속드린다면 여러분께서는 저희 기가스 컴퍼니에 무얼 주시겠습니까?"

제37장
세상을 움직이는 것

그들 회장단이 기술 독점의 대가로 내놓은 것은 확실히 매력적인 조건들이었다.

수익 분배 면에서도 충분히 구미가 당길 만한 조건이었고 그 외에도 상당히 파격적인 조항들이 덧붙여졌다.

특히 그중에서 혁준의 귀를 가장 솔깃하게 한 것은 기가스 컴퍼니의 기술이 들어가는 모든 제품의 전면부에 기가스 컴퍼니의 회사 엠블럼을 넣겠다는 것이었다.

꽤 매력적인 제안이었다.

그렇게만 된다면 아직은 인지도가 부족한 기가스 컴퍼니

로서는 단숨에 세계적인 인지도를 얻을 수 있게 된다. 또한 그렇게만 된다면 세계 경제계를 한 손에 움켜쥐겠다고 공언했던 혁준의 목표를 그만큼 빨리 달성할 수가 있다.

하지만,

"그 정도 조건으로는 독점 계약을 드릴 수가 없습니다. 전면부가 아니라 회사 로고 옆에 우리 기가스 컴퍼니의 로고를 넣어주신다면 또 모를까."

혁준의 말에 회장단의 표정이 좋지 못했다.

혁준의 제안은 그들이 듣기에 따라서는 상당히 무례하게 들릴 수도 있는 일이었다.

그도 그럴 것이 기업의 로고는 그 회사의 얼굴이자 심장이었고 신성한 역사이자 기업 정신이었다.

거기에 기가스 컴퍼니의 로고를 같이 넣으라는 것은 자칫 도발로도 들릴 수가 있는 것이다.

회장단들의 표정이 굳어지자 혁준이 손을 휘휘 내저었다.

"어디까지나 말이 그렇다는 겁니다. 독점의 병폐에 대해서는 다들 잘 아실 테니 더 말씀드리지 않겠습니다. 물론 여러분이 제시하신 조건은 저희에게도 상당히 매력적인 조건인 것만은 분명합니다. 하지만 그렇다고 해서 그것이 독점을 했을 때 오는 여러 가지 위험성을 감수할 만큼은 아니라는 겁니다."

"……."

"독점은 없습니다. 대신 이렇게 하도록 하죠. 여러분의 기업을 포함해서 분야별로 나라별 3곳씩만 선정해서 기술제휴를 맺겠습니다."

혁준의 말에 회장단이 일제히 난색을 표했다.

"하지만 그건 우리가 내건 조건에 비하면 오히려 너무 부족한 것이 아닙니까?"

어디까지나 독점의 대가로 들고 온 조건이었다.

말이 나라별 세 곳이지 모두 합치면 그들이 경쟁해야 할 경쟁사는 부지기수로 늘어날 터였다.

이건 손해가 커도 너무 컸다.

혁준도 수긍한다는 듯 고개를 끄덕였다.

"그렇죠. 더구나 바쁘신 와중에도 이렇게 직접 저를 만나러 와주신 그 노고에 대한 예의도 아닐 테고요. 그래서 특혜를 하나 드리겠습니다."

"특혜라면?"

"이곳에 계신 분들에 한해서, 앞으로 선별될 다른 기업들보다 우선적으로 저희 기가스의 기술을 제공하겠다는 겁니다."

"우선적으로 기술을 제공하시겠다는 건 얼마나……?"

"3개월입니다. 다른 기업들에 비해 3개월 먼저 그 기술을 사용하실 수 있도록 혜택을 드리겠습니다."

순간 회장단들의 눈빛들이 달라졌다.

3개월의 우선 제공은 다시 말해 적어도 3개월 동안은 그 기술을 독점할 수 있다는 뜻이다.

물론 그들이 기대했던 결과는 아니었다.

하지만 확실히 구미가 당기는 제안이었다.

다만 그렇다고 해도 그들이 내건 조건에 비하면 그 또한 많이 부족한 것이 사실이다.

그럼에도 누구 하나 선뜻 거기에 대해 토를 달지 못했다.

지금 이 자리에서 누가 갑인지는 누구보다 그들이 더 잘 알고 있는 것이다.

칼자루를 쥔 것은 어디까지나 혁준이다.

여기 오기 전에 이미 혁준에 대해서 철저히 조사를 하고 온 그들이었다. 그가 어떻게 현도 그룹을 무너뜨렸는지도, 한국 정부를 어떻게 물 먹였는지도 잘 알고 있었다.

심기를 건드려서 좋을 게 없는 인물이었다.

더구나 3개월 먼저 기술을 제공받는다는 그 조건만으로도 여기까지 달려온 소기의 성과는 거둔 셈이었다. 그것만으로도 업계의 경쟁사들을 거뜬히 눌러 버릴 수가 있었다.

자칫 그 기회마저 날려 버리게 될지도 모르는데, 괜히 여기서 한마디 토를 달아서 혁준의 심기를 건드리고 싶은 사람은 아무도 없는 것이다.

그랬다.

미국 경제계를 이끌어가고 있는 거인들이 지금 이 순간 혁준의 눈치를 보느라 여념이 없었다. 그건 비단 이들뿐만이 아니었다.

이미 미국의 모든 기업이 혁준의 눈치를 보고 있었다.

계약을 맺기 위해, 혹은 경쟁사에 기술을 빼앗기지 않기 위해, 또 혹은 그에게 밉보이지 않기 위해.

그렇게 미국 경제계가 혁준의 일거수일투족에 벌벌 떨고 있었다.

"결국 허언이 아니었던 거로구만."

혹시라도 혁준의 마음이 바뀌기라도 할세라, 기술제휴에 필요한 실무진들을 꾸리겠다며 서둘러 자리를 뜨고 있는 회장단들을 보며 칼리고가 허허 웃음을 터뜨린다.

"허언이 아니라뇨?"

"지난번 파티에서 자네가 내게 그랬지 않은가? 그날 파티에 왔던 사람들 중 절반은 자네 앞에 머리 숙이게 만들겠다고."

그러고 보니 그때 그런 말을 한 적이 있었다.

"저기 저 회장단들이라면 미국 경제계의 절반이라고 해도 과언이 아니지. 그런 저들이 자네에게 머리를 숙이고 있으니 자네의 말은 그대로 현실이 되었다 할 수 있는 거지. 하지만……."

잠시 뜸을 들인 칼리고가 보다 의미심장한 눈빛으로 혁준을 보며 말을 이었다.

"하지만 세계 경제의 시작과 끝이 되겠다는 건, 아마도 이대로는 어려울 것이네."

칼리고의 그 의미심장한 말에 혁준이 궁금해서 물었다.

"어째서입니까?"

"기가스 컴퍼니의 기술력이라면 세계 최고가 될 수는 있을 것이네. 아니, 반드시 그렇게 될 테지. 그러나 세계 경제의 시작과 끝이 된다는 건 세계 경제 모든 분야에서 절대적인 위치에 올라선다는 것인데, 단 하나 자네의 영향력이 미치지 못하는 분야가 있지."

"뭡니까 그게?"

"천연자원이네."

"천연자원이라면… 석유나 희토류 같은 걸 말씀하시는 겁니까?"

"그렇지. 앞으로 세상을 바꾸는 건 기술력이겠지만 세상을 움직이는 건 자원이 될 것이네. 자네가 진정으로 세계 경제의 시작과 끝이 되고자 한다면 지금의 기술력을 유지하는 것도 중요하겠지만 그와 더불어서 광물이나 에너지산업 쪽에도 발을 들여야 할 것이네."

칼리고의 말대로였다.

20년만 더 지나도 자원 고갈 문제가 심각하게 대두되는 게 현실이었다. 그럴수록 석유화학 등 관련 기업들의 힘은 거의 무소불위가 되어 세계 경제계를 흔들고 있었다.

"하지만 발터가의 근간 사업도 석유화학 등의 에너지산업 으로 알고 있습니다만……."

"자네 설마 발터가를 걱정하는 건가?"

"……."

"그런 거라면 걱정 마시게. 자네 하나에 흔들릴 발터가도 아니겠지만 설혹 자네가 지금 일으키고 있는 기적처럼 에너 지산업에도 그런 놀라운 기적을 일으킨다고 해도 발터가는 끄떡없을 테니까. 발터가의 120년은 그렇게 간단한 것이 아 니네. 세상에 알려진 것보다 감추어진 것이 훨씬 더 많은 가 문이지. 그러니 내 걱정은 말고 마음껏 세상을 향해 탐욕을 부려보시게. 가질 수 있는 건 모조리 가져 버리게. 그렇게 모 든 것을 다 가지고 나면 그때는 좀 더 큰 세상이 보일 것이네. 내가 그랬던 것처럼 말이야."

칼리고가 다시금 의미심장하게 웃었다.

그런 칼리고의 눈에는 그대로 선각자의 지혜가 담겨 있었 다.

그래서인지 그의 한마디 한마디에는 혁준의 마음을 흔드는 힘이 있었다.

'에너지산업이라… 까짓 못 할 건 또 뭐겠어?'

*   *   *

그날 이후로 혁준의 머릿속엔 온통 그 생각뿐이었다.

때문에 곧이어 열린 바이론의 경주도, 그 경주에서 압도적인 차이로 바이론을 우승을 한 것도 관심 밖이 되어버렸다.

혁준은 바이론의 경주가 끝나자마자 즉시 전용기에 올라서는 스마트폰으로 검색을 했다.

[1997년, 호주 석유 개발사 우드사이드가 모리타니아에서 원유 발견]

[1998년, 중요한 석유 매장지 모로코에서 발견]

[2000년 12월, 페루 카미시아 광구에서 단일 가스전으로는 남미 최대 규모의 매장량 확인]

[2002년, 미국 멕시코 만 지역의 제3기 에오세 지층, 석유 발

견! 매장량 최소 30억 배럴에서 최대 150억 배럴 추정]

[2004년, 중국 해양석유총공사, 유전 발견!]

[중국 2006년 한 해 5억 톤 이상의 석유 매장량 발견, 천연가스도 3,000억 세제곱미터 상회]

간단히 검색을 한 것인데도 수백 개의 관련 기사가 좌르륵 펼쳐졌다.

사실 지금까지는 석유나 그런 것에는 별로 관심을 두지 않았었다. 미래 기술만으로도 자신이 원하는 것은 충분히 이룰 수 있다고 생각했기 때문이었다.

하지만 칼리고의 말을 듣고, 또 막상 이런 정보들을 확인하고 나니 도무지 가만히 있을 수가 없었다.

그야말로 눈앞에 노는 돈이 있는데 그걸 줍지 않는 것도 바보짓인 것이다.

'더구나 칼리고의 말대로 미래의 가장 큰 권력은 자원을 얼마나 확보하고 있느냐에 달렸다고 해도 과언이 아니니……'

혁준은 회사에 도착하자마자 차유경에게 그런 자신의 생각을 말했다.

그런데 차유경은 혁준보다 앞서 이미 그런 쪽으로도 생각을 하고 있었던 모양이었다.

"새로 석유화학이나 유전, 자원 관련 회사를 차리기에는 일이 너무 많아요. 시간상으로도 그렇고 절차상으로도 복잡하죠. 무엇보다 그 분야의 노하우가 너무 부족해요. 그럴 바에야 차라리 관련 회사를 인수하는 게 나아요. 그쪽 분야라는 게 잘되면 대박이지만 못되면 쪽박인 곳이라 언제든 손만 뻗으면 인수할 수 있는 기업이야 널리고 널렸으니까요. 그중에서 분야별로 세계 각국의 개발권을 최대한 많이 소유한 기업들을 위주로 다섯 군데씩 추려놓았으니까 그 자료를 보시고 결정하시면 문제없을 거예요."

"이런 건 또 언제 해놓은 겁니까?? 제가 자원 쪽으로 관심을 가지게 될 건 또 어떻게 알고?"

"대표님처럼 욕심 많은 사람이 가장 큰돈이 되는 사업에 눈을 안 돌릴 리가 없잖아요. 언젠가는 필요하게 될 거라 생각했어요."

역시 이보다 더 든든할 수가 없는 사람이다.

"하지만 말씀드렸다시피 대박 아니면 쪽박인 세계예요. 모두가 요행을 바라지만 정작 그 분야에서 살아남는 건 100퍼센트의 확실성을 가진 사람들이죠."

"왜요? 불안하십니까?"

"아뇨. 불안해하기에는 그동안 믿지 못할 일들을 너무 많이 보아왔는걸요. 대표님이 하시는 일이라면 그것이 무엇이 되었든 저는 믿어요. 제게 대표님은 이미 100퍼센트의 확실성을 가진 사람이니까."

차유경의 말에 혁준이 기분 좋게 웃었다.

역시 미인으로부터 듣는 칭찬은 참 귀에 달다.

혁준은 지체하지 않고 자원 산업을 시작했다.

특허 기술은 어차피 분야별로 각국에 세 개 기업에만 제공하기로 한 때문에 시간적으로도 많이 여유가 생겨서 당분간은 자원 산업에만 집중할 수 있었다.

그렇게 혁준이 자원 관련 일에 푹 빠져 있는 사이에도 세상은 변해가고 있었다.

무엇보다 달라진 건 기가스 컴퍼니의 위상이었다.

메이저 신문에 스쳐 가는 한 줄 기사로만 등장했던 기가스 컴퍼니의 이름이 그렇게 몇 번 더 등장을 하며 점차 비중을 높이더니, 뉴욕에서 만난 회장단과의 기술제휴가 완전히 체결된 시점부터는 아예 헤드라인을 장식해 버렸다.

그것도 단발성이 아니라 오히려 헤드라인에서 빠진 날이 이상할 정도로.

각 메이저 신문사들은 기가스 컴퍼니에 대해 그렇게 앞 다투어 대서특필을 해대고 있었다.

그러던 중에 드디어 떴다.

권혁준이란 이름이.

포브스에.

[1997년 포브스 선정 세계 부자 순위 1위, 기가스 컴퍼니 대표 권혁준. 752억 달러]

거기에 한 줄이 더 덧붙여져 있었다.

기가스 컴퍼니의 지분을 더했을 경우 이 젊은 동양인의 개인 자산은 추정조차 불가능할 거라고.

그리고 그 무렵, 한국에서부터 소식 하나가 들려왔다.

제38장

왜요? 한국에 무슨 일
있습니까?

―포브스가 매년 선정하는 세계 부자 순위에서 기가스 컴퍼니
의 대표 권혁준이 1위를 차지했다.

　　포브스가 공개한 부자 순위에 따르면 권혁준의 순자산 규모는
752억 달러로 2위인 MS 창업자(382억 달러)를 가볍게 따돌리고
1위에 올랐다. 이는 기가스 컴퍼니가 세계 무대로 진출한 지 불
과 2년 만에 이루어낸 성과로 내년에는 순자산이 지금의 두 배
이상이 될 것이라 추정했다.

　　"752억 달러? 음… 이것보다 더 되지 않나?"

"그야 집계가 되는 것보다 집계가 되지 않는 자산이 더 많으니까요. 기가스 컴퍼니의 지분도 현재로써는 자산 가치를 특정하기 어려워서 제외된 상태구요. 그것까지 합치면 아예 단위 자체가 달라지겠죠."

"뭐야? 세계 3대 경제지라더니 이것도 순 엉터리로구만."

혁준이 포브스 선정 세계 부자 순위 1위가 되었다는 신문을 보며 그렇게 투덜거리고 있을 때였다.

상무부 장관 미키 캔터로부터 전화가 걸려왔다.

"미스터 권, 혹시 한국 소식 들으셨습니까?"

미키 캔터의 말은 사실 조금 뜬금없다 싶은 것이었다.

타국에 살면 절로 애국지사가 된다고도 하는데 그동안 워낙에 바쁘게 지내서인지, 아니면 아직은 고국이 그리워질 만큼 타국 살이가 오래되지 않아서인지 혁준은 전혀 그런 것이 없었다.

오히려 한국을 떠나온 이후로 아예 까마득히 잊어먹고 있었다.

"왜요? 한국에 무슨 일이 있습니까?"

"음… 이런 말씀을 드려야 할지 조금 망설이기도 했습니다만, 그래도 모국이시니 알고는 계셔야 할 것 같아서 말입니다."

서론이 길다.

서론이 길다는 것은 대개 좋지 않은 일이라는 뜻이다.

"아무래도 한국에 외환 위기가 닥칠 것 같습니다."

"외환 위기요?"

그러고 보니 IMF가 터진 게 올해였다.

"얼마 전 한국의 경제부총리에게서 연락이 왔습니다. 내용을 간추리자면 결국 돈을 빌려달라는 것이었습니다."

"그래서요?"

"IMF의 문을 두드리라는 것이 우리 정부 측의 입장이었습니다. 미스터 권께는 죄송한 말씀이지만 아무리 미스터 권의 모국이라고 해도 돈을 빌려주기에는 현재 한국의 경제 상황이 너무 안 좋습니다. 한미, 기아 등 대기업들이 연쇄 도산을 하고 있고 주가도 급락에 급락을 거듭해서 벌써 700 선이 붕괴된 상황입니다. 외국 투자자들도 짐 정리를 시작했구요."

"……."

"게다가 경제부총리의 말을 들어보니 지금 한국의 외화보유고가 알려진 것과는 상당한 차이가 있는 듯 보였습니다. 이대로라면 두 달 후 11월에 돌아오는 만기 외채를 과연 감당할 수 있을지도 장담할 수 없습니다. 아니, 그걸 어찌어찌 감당해 낸다고 하더라도 그다음은 분명 어려울 겁니다. 자구책을 강구하기에도 이미 늦었고… 다시 말해 IMF에 구제금융을 신청하지 않는다면 국가부도사태가 일어나게 될 거라는 말씀입니다.”

미키 캔터가 알려준 것은 거기까지였다.

확실히 그다지 기분 좋은 소식은 아니었다.

딱히 한국을 좋아해 본 적도 없고 남다른 애정이 있는 것도 아니었지만 IMF 이후에 한국을 덮치는 참담한 현실을 이미 알고 있기에 마음이 마냥 편할 수만은 없는 것이다.

하지만 그런 마음으로 한국의 기사를 검색해 보던 혁준의 얼굴은 이내 짜증으로 바뀌었다.

[한국 경제 '봄' 이 온다]

[한국 경제 내년 안정 회복]

[지금 시장 안정 기대, 곧 700 선 탈환할 것]

[한국 경제 양호, 내년 6.5퍼센트 성장]

[한국 경제 위기 아니다. IMF 협의단 방한 일정 마쳐]

[추가 폭락 없을 것, 낙관론 대두 외국 전문가 진단]

한국의 신문은 온통 이런 기사들뿐이었다.

어이가 없었다.

경제부총리가 손을 벌린 곳이 어디 미국뿐이겠는가?

돈을 빌릴 수 있을 만한 곳은 죄다 두드리고 있는 것이 분명했다.

발등에 불이 떨어져서 다른 나라에 구걸이나 해대고 있는 주제에 아직도 국민의 눈을 가리고 귀를 막는 데만 급급해 있다.

어차피 피할 수 없는 거라면 국민들의 중지를 모아서 어떻게든 피해를 최소화하려는 노력을 해야 할 텐데 입단속에만 급급해하고 있으니 대체 무슨 해결이 되겠는가 말이다.

그러니 결국 죄 없는 국민들만 아무런 방비도 못 한 채 IMF라는 격랑에 휩쓸려 비통과 비탄으로 피눈물을 흘리게 되는 것이다.

'가만, 이때 당시 국민들 민심이 어땠더라……?'

IMF가 터진 직후의 난리통이야 기억이 나지만 그 직전의 여론이 어땠는지까지는 잘 기억이 나지 않았다.

이때 당시 여론 동향을 가장 직접적이고도 확실하게 알 수 있는 방법은 PC통신이었다. 그리고 그때 당시 혁준이 즐겨 쓰던 것이 하이텔이었다.

프로그램, 모뎀, 아이디 등 하이텔 접속에 필요한 준비를 갖춘 혁준은 바로 하이텔에 접속을 했다. 그리고 정치경제 동호회에 들어갔다.

우선 게시판부터 살폈다.

아니나 다를까, 외환위기에 대한 게시물들이 더러 보였다.

하지만 이들조차도 외환위기에 대해 그렇게 심각하게 걱정하는 분위기는 아니었다.

물론 개중에는 곧 닥치게 될 IMF 사태까지 예견을 하고 우려의 목소리를 내는 사람도 있었지만, 그들의 목소리는 정부의 언론플레이에 미혹당한 대부분의 사람들이 내는 긍정적인 목소리에 이내 묻혀 버리기 일쑤였다.

게다가 현재 올라와 있는 게시물 중 대부분은 황당하게도 혁준과 기가스 컴퍼니에 대한 것이었다.

―누구 혹시 권혁준에 대해 아는 사람 있어?

―기가스 컴퍼니면 예전에 현도 사태 때 정경유착 까발린 곳 아냐? 그때 대통령 아들도 막 잡혀가고 그랬잖아. 전에 기자회견 할 때 잠깐 TV에 나오는 거 봤는데 완전 젊더라고.

―권혁준이면 딱 한국 이름인데… 근데 국적은 미국인 걸 보면 교포인 건가?

대부분이 혁준에 대한 호기심을 드러내는 글들이었다.

'하긴, 세계 부자 순위만큼 사람들의 말초적인 관심을 끌어내는 것도 없긴 하지.'

더구나 한국인의 이름이 1위 자리에 떡하니 박혀 있으니 정치경제 관련 동호회에서 화제가 되고 있는 것도 당연한 일이었다.

혁준은 얼마간 게시판을 더 둘러보다가 이내 토론방이라 적힌 대화방으로 들어갔다.

대화방에는 4명이 있었다.

파란색 대화창을 보자니 추억이 새록새록한 가운데 대화방에 있던 사람들이 먼저 인사를 건네왔다.

무적검객 : 쭈니형님 어솨요~

도깨비 : 방가~

써니 : 자동소개 21/부천/여자

pia : 어솨요~ 근데 쭈니형님 아이디가 너무 건방지시다;;;

쭈니형 : 안냐세요∧∧23/조지아 주/남자

무적검객 : 27/부산/남자

무적검객 : 조지아 주가 어디?

쭈니형 : 미국임.

무적검객 : 우와~~~~~~ 그 거짓말 진짜임?

쮸니형 : 진짠데요. 국가번호 알려 드림?

무적검객 : 우와 진짠가 보네. 미국 사람 첨 봐요∧∧;;

써니 : 나도 첨 봄

도깨비 : 나도 나도;;;

pia : 미국 사람이라서 아이디부터 건방진... 쿨럭;;;;

이때만 해도 역시 해외 접속자라고 하면 신기해하던 시절이었다.

쮸니형 : 근데 무슨 대화 중이었어요?

무적검객 : 아... 마침 잘됐다. 미국 사람이면 잘 알겠네. 쮸니형님 혹시 기가스 컴퍼니 대표 권혁준이란 사람에 대해 알아요?

쮸니형 : ......;;

무적검객 : 모르시나?

써니 : 당연히 모르시겠죠. 미국에 산다고 미국에 사는 한국 사람 다 알 리가 없잖아요.

쮸니형 : 근데 왜요?

무적검객 : 도깨비님이 하도 말이 안 되는 소릴 해서요.

쮸니형 : 말이 안 되는 소리요?

무적검객 : 글쎄 기가스 컴퍼니 대표가 자기 친구였대잖아요.

도깨비 : 진짜라니까요. 걔 내 친구예요!

혁준은 의아할 수밖에 없었다.

자신의 친구라니?

쭈니형 : 기가스 컴퍼니 대표와 어떻게 친구세요?

도깨비 : 제 고등학교 동창이에요. 그것도 거의 맨날 같이 붙어 다닌 단짝 친구! 축구도 같이 하고 주식도 같이 하고, 완전 친했죠.

무적검객 : 뻥 치시네!

써니 : 아무튼 도깨비님 허풍은 진짜 알아줘야 한다니까. 그래도 이번 건 좀 심했다 ㅋㅋㅋㅋㅋㅋㅋㅋ

pia : 혹시 도깨비님 과대망상증 환자? 약 먹을 시간 지난 거 아님?

채팅방에선 불신이 쏟아졌다.

하지만 혁준은 문득 짐작 가는 것이 있었다.

쭈니형 : 저기... 도깨비님 혹시 이름이?

도깨비 : 예?

쭈니형 : 기가스 컴퍼니의 대표가 자신의 친구라고 내세울 거면 이름 정도는 밝혀야죠? 그래야 믿든지 말든지 하지.

도깨비 : 아무리 그래도 채팅방에서 갑자기 실명을 밝히라는 건...

무적검객 : 저 봐, 뻥이라니까 뻥.

써니 : 완전 개뻥 ㅋㅋㅋㅋㅋㅋㅋㅋㅋㅋㅋㅋ

pia : 이제라도 약을 드심이...

도깨비 : 아, 진짜! 진짜 내 친구라니까! 좋아요! 민수예요, 김민수! 나중에 그 녀석 자서전에 내 이름 딱 나와 있는 거 보고 다들 놀라지나 마시라구요!

순간, 파란 화면에 적힌 '김민수' 라는 세 글자를 멍하니 보고 있던 혁준이 이맛살을 구겼다.

그랬다.

역시 민수였다.

고등학교 동기 동창.

나름 단짝이었다면 단짝이었던 친구.

이런 데서 이렇게 민수와 다시 재회하게 될 줄은 당연히 생각도 못 했다.

그런데, 옛 친구와의 재회인데 반가움은 고사하고 머리부터 지끈거리게 만드는 존재감이라니?

뭔가 참 여전하다는 느낌인 한편으로 어떻게 지내는지 궁금하긴 했다.

'창수 녀석도 여전하려나?'

하지만 딱히 물어보고 싶진 않았다.

이 자리에서 자신의 정체를 밝히고 민수의 불명예를 씻어 줄 생각도 당연히 없다.

민수의 한없이 가벼운 명예 따위에는 관심도 없는 데다 무엇보다 좀 귀찮다. 친구랍시고 섣불리 알은척이라도 했다가는 앞으로 아주 많이 귀찮아질 것 같았다.

'그래. 나중에 자서전을 쓰게 되면 이름 한 줄 정도는 넣어주지 뭐.'

그래서 그때부터는 아예 잠수인 척하며 올라오는 대화들만 조용히 지켜보았다.

그러나 그 후로는 그저 시답잖은 대화들만 오갈 뿐이었다.

소위 정치경제 동호회라는 곳에서 아직도 이 정도로 둔감해 있다면 한국 민심이야 더 말할 것도 없을 것이다.

그만큼 언론 통제가 잘되고 있다는 뜻이다.

또 그만큼 지금의 한국이란 나라가 썩을 대로 썩어 있다는 뜻이기도 했다.

잠시 더 대화를 지켜보던 혁준은 민수와의 재회를 냉정히 뒤로하고 이내 대화창을 닫았다.

하지만 모처럼 채팅이란 걸 하니까 재미는 있었다.

그래서 그 후로도 가끔 한 번씩 동호회 채팅방에 들러 한국의 여론 동향을 살피곤 했다.

그때마다 민수와 마주치는 것을 보면 참 할 일 없는 날백수 신세인 것 같았다.

아무튼 그렇게 한 달 정도가 지났을 때였다.

아니나 다를까, 드디어 정부의 언론통제에 구멍이 나기 시작했다.

외환 위기의 심각성이 각 매체를 통해 터져 나오기 시작한 것이다.

[한국의 한계 '신인도 하락' 불 끄기 급급]

[한국 국가신인도 아시아 4용(龍) 중 최하]

[외화보유고 304억 달러. IMF 권고 수준 못 미쳐. 환율 방어 역부족]

['환율과의 전쟁' 정부 묘책 있나?]

[환율 사상 최고, 주가 500 선 붕괴]

한번 터지기 시작하자 그야말로 봇물이 터지듯 외환 위기에 대한 기사들이 쏟아져 나왔다.

하루 평균 다섯 개도 되지 않던 동호회 게시판의 게시물도 수십 개씩 올라왔고 대화방에서도 온통 그 이야기뿐이었다.

그때 그런 기사들과 맞물려서 혁준에 대한 칼럼 하나가 떴다.

[외화보유고 304억 달러. 기가스 컴퍼니 연간 영업이익 400억 달러. 황금알을 낳는 거위의 배를 가른 한국, 결국 그 비수가 부메랑이 되어 돌아오다]

혁준이 한진테크의 부도를 막은 것에서부터 현도그룹을 와해시키고 미국으로 떠나는 과정에 이르기까지 놀라울 만큼 자세하고도 정확하게 기재된 칼럼이었다.

그 바람에 가뜩이나 무능한 정부에 대한 들끓던 비난 여론이 훨씬 더 시끄러워지고 훨씬 더 강도가 세진 것은 말할 것도 없다.

그 무렵이었다.

한국의 국무총리가 혁준을 방문한 것은.

그리고 그렇게 방문한 국무총리가 혁준에게 꺼낸 말은 조국을 위해 150억 달러를 빌려달라는 것이었다.

*   *   *

'일국의 국무총리가 일개 장사치에게 돈이나 구걸하러 다녀야 한다니⋯⋯.'

조지아 주로 향하고 있는 한국의 국무총리 홍수건의 얼굴은 시종일관 불쾌히 일그러져 있었다.

말이 일인지하 만인지상의 자리지 그 일인지하 만인지상의 자리가 이번 정부에만 벌써 일곱 번이 바뀌었다. 게다가 홍수건 역시도 새 정부가 들어서면 일 년의 임기를 끝으로 자리를 내려놓아야 했다.

그야말로 하루살이 국무총리직인 것이다.

그 하루살이 국무총리직을 수행하는 동안 나라 상황은 이미 손쓸 새도 없이 나락으로 떨어지고 있었다.

사실 그의 책임은 아니었다.

현도그룹이 망한 것도, 한보 사태가 터진 것도, 연쇄적으로 기아까지 부도 위기에 처한 것도 군사정권부터 현 정부에까지 이어져 온 온갖 정경유착의 비리들이 쌓이고 쌓인 끝에 결국 외환 위기라는 형태로 나타난 것일 뿐이다.

'그 똥을 왜 내가 다 치워야 하는 거냐고!'

아니, 이미 치울 수 있는 똥이 아니었다.

2년 전 현도그룹이 망하기 전이었다면, 아니, 올해 초 한보 사태가 발생하기 전에 미리 주변국들에 도움과 원조를 청하기만 했더라면 지금과는 상황이 사뭇 달라졌을지도 모르지만, 현 대통령은 전임 국무총리의 후임으로 외교 전문가가 아닌 군인 출신인 그를 국무총리로 내세울 만큼 아직도 사태의 심각성을 제대로 인식하지 못하고 있었고 전임 국무총리를 비롯해 각 부처의 수장들은 그런 대통령의 눈을 가리기에만 급급해하고 있는 실정이었다.

그 바람에 나라 사정이 걷잡을 수도 없을 만큼 급격하게 나빠진 것이다.

만일 이 정도로 나라 사정이 심각한 줄 알았더라면 아무리 명예와 권력이 좋더라도 애당초 국무총리직을 수락하지도 않았을 것이다.

현도그룹의 부도에 이어 한보 사태까지 터졌지만 그래도 그는 나라 사정이 이 정도일 줄은 생각도 못했었다.

처음 업무를 인계받았을 때, 그때의 충격과 절망감은 지금 생각해도 암담해 올 지경이었다.

어떻게 할 수 있는 방법이 없었다.

이미 한국 경제는 회생이 불가능한 상황에까지 이르러 있었다.

그가 할 수 있는 일이라고는 곪을 대로 곪은 상처가 자신의 남은 임기 동안에만 터지지 않기를, 그래서 홍수건이란 이름 세 글자가 역사 앞에 죄인으로 낙인찍히는 것만큼은 면할 수 있기를 기도하는 게 전부였다.

그 일환으로, 할 수 있는 만큼 언론을 통제했고 할 수 있는 만큼 국민들의 눈과 귀를 막았다.

하지만 안타깝게도 그의 그 같은 노력도 냉엄한 현실 앞에서는 무용지물이었다.

그도 그럴 것이 급격하게 빠져나가는 해외 투자자들로 인해 당장 외화보유고가 바닥을 드러내고 있었던 것이다.

당장 다음 달에 돌아올 만기 외채를 갚고 나면 고작 70억 불밖에 남지 않았다. 그걸로는 그다음에 돌아올 210억 불의 만기 연채를 갚을 길이 없었다.

대체 부족한 140억 불을 무슨 수로 메운단 말인가?

이미 주변국들에는 원조를 청했다.

하지만 일언지하에 모조리 거절당했다.

미국에도 손을 벌렸지만 마찬가지였다.

이제 남은 것은 IMF 국제구제금융뿐이었다.

그러나 IMF는 엄격한 재정 긴축과 가혹한 구조 개혁을 요구할 것이고 그렇게 되면 한국은 전란에 비견되는 혹독한 시련을 겪게 될 것이 불 보듯 뻔했다.

그 비난과 원성을 어떻게 다 감당한단 말인가?

'일제 때 나라를 팔아먹은 매국노 취급이나 안 당하면 다행이지.'

완전히 똥 밟았다.

황금 동아줄인 줄 알았더니 완전히 썩은 동아줄이었다.

가문의 영광이 될 줄 알았더니 이건 대역 죄인이 될 판국이었다.

기사 하나가 한국에 전해진 것은 그 무렵이었다.

[포브스지 선정 세계 부자 순위 1위, 기가스 컴퍼니 대표 권혁준. 752억 달러]

기가스 컴퍼니 대표 권혁준.

알고 있다.

재계 순위 1, 2위를 다투던 현도그룹을 부도에 이르게 하고 현도그룹과 관련된 정경유착의 온갖 비리를 모조리 폭로해서 현직 대통령의 아들을 구속시킨 것은 물론 그 여파로 국무총리까지 갈렸다.

전임 국무총리가 끝내 옷을 벗은 한보 사태도 그 연장선상에서 일어난 일이었으니 그 혼자서 국무총리를 두 명이나 갈아치운 셈이었다. 그로 인해 홍수건이 지금 이렇게 국무총리직을 수행하고 있는 것이다.

생각해 보면 그때가 기회였는지도 모른다.

현도그룹이 부도가 나고 재계와 정치계, 그리고 금융계의 유착 비리가 터졌을 때, 그것을 자정의 기회로 삼아서 개혁을 단행했다면 한국 경제가 이렇게까지 대외 신인도가 바닥이 나지도 않았을 것이고 그렇게 되었다면 해외 투자자들이 급격히 빠져나갈 일도, 주가가 바닥을 칠 일도, 환율이 미친 듯이 요동칠 일도 없었을 것이다.

'그랬다면 내가 잡은 이 동아줄이 썩은 동아줄은 아니었을 테지.'

아니, 그사이 두 명의 국무총리가 경질되는 일도 없었을 테니 애초에 그에게 국무총리 자리는 돌아오지도 않았을 것이다.

도마뱀이 꼬리를 자르듯 그렇게 책임자 몇의 목을 치는 것으로 유야무야 넘어가 버린 그때의 졸속하고도 제 식구 감싸기식 사후 처리가 결국 지금의 국가비상사태를 불러왔다고 해도 과언이 아니었다.

아무튼 혁준의 소식을 그렇게 접한 그는 그저 황당하고 놀라울 따름이었다.

그전에도 기가스 컴퍼니가 미국에서 빠르게 성장해 가고 있다는 소식 정도는 듣고 있었지만 그게 세계 부자 순위 1위에 오를 정도라고는 상상도 못 했었다.

개인 자산이 752억 불에 기가스 컴퍼니의 영업이익이 일 년에 400억 불이 넘는다는 걸 알았을 때는 한 가닥 희망마저 보았다.

'이거 어쩌면……'

권혁준이란 이 사람을 잘만 구슬린다면 당장의 위기를 넘길 수 있을지도 모른다.

그 어렴풋한 희망은 이내 확신이 된다.

'그래. 한국이 싫어서 떠난 게 아니라 어쩔 수 없어서 쫓기듯 떠난 거니까 한국이 다시 받아주기만 한다면……'

물론 서운한 감정이야 있겠지만 그래도 한국에서 나고 자란 한국인이 아닌가.

다시 한국인으로 살게 해주겠다는데 그걸 마다할 리가 없다.

'150억 불이 큰돈이긴 하지만, 그냥 달라는 것도 아니고……'

절체절명의 위급에 처한 조국을 위해 어디까지나 빌려달라는 것이다.

그 속에 한국인의 피가 흐르는 이상 그 정도도 안 해줄 리가 없다.

'암! 한국인이라면 조국과 민족을 위해 그 정도는 당연히 해줘야지!'

참으로 군인 출신다운 생각을 하며 그렇게 개념을 비우고 혁준을 찾아가는 홍수건이었다.

제39장
제국 건설의 시작 I

혁준은 조국을 위해 150억 불을 빌려달라는 홍수건의 당당한 태도에 어이가 없다 못해 기가 찰 지경이었다.

"지금 조국을 위해서라고 하셨습니까?"

자신이 잘못들은 것이 아닌가 심히 의심스럽다는 표정의 혁준이다.

어떻게 이런 말도 안 되는 요구를 이렇게까지 당당하게 말을 할 수 있는지 신기할 정도였다.

심지어 돈을 구걸하러 온 주제에 국무총리께서 몸소 여기까지 와준 것을 영광으로 알라는 저 거만한 태도는 또 뭐란 말인가?

'하긴, 새삼스러울 것도 없는 일이지.'

나라를 위해 무조건적인 충성과 희생을 강요당하는 나라가 바로 이 시절의 한국이라는 나라였다.

그리고 그것을 당연시하는 것이 또한 이 시절 한국이라는 나라의 정치인들이었다. 그 입에서 나오는 말이 비논리적이고 비합리적이고 비상식적이라고 해서 그리 놀랄 일은 아닌 것이다.

더구나 군인 출신이라지 않는가.

'일찌감치 한국을 뜨길 잘한 거지.'

계속 한국에 남아 있었다면 지금 홍수건의 요구가 얼마나 더 비논리적이고 비합리적이고 비상식적인 것이 되었을지 짐작도 되지 않았다.

혁준이 홍수건을 보며 단호하게 말했다.

"분명히 말씀드리지만 저는 이제 엄연히 미국 시민권을 가진 미국 시민입니다."

"물론 자네가 미국 시민권자라는 것은 잘 알고 있네. 한국 정부에 서운한 마음을 가지고 있다는 것도 잘 아네. 하나 그래도 자네가 나고 자란 곳은 한국이 아닌가? 그 핏줄과 뿌리가 한국이란 사실은 부정할래야 부정할 수가 없는 일이지."

"그걸 부정하지는 않습니다. 그러나 그게 150억 불을 빌려줄 만큼의 가치는 되지 않는다고 말씀드리는 겁니다. 아시다시피 저는 장사꾼입니다. 손해나는 장사는 안 합니다. 150억 불을 빌려달라고 하셨는데, 그 대가로 한국에선 저한테 뭘 해주실 겁니까?"

"뭘 해달라니… 조국이……."

홍수건이 뭐라 더 입을 떼기도 전에 혁준이 손을 휘휘 저어 그의 말을 막았다.

"그러니까 말씀드렸지 않습니까? 저한테는 그만한 가치가 없다고. 한국에선 저한테 뭘 해주실 수 있습니까?"

혁준의 단호한 태도에 홍수건의 얼굴이 보기 흉하게 일그러진 것은 말할 것도 없다.

하지만 그 덕분에 한 가지는 확실히 알게 된 홍수건이다.

이 눈앞의 젊은 부자는 생각보다 호락호락하지 않다는 것.

애국심에 호소하는 걸로 모든 게 다 잘 풀릴 거라고 생각했던 자신의 생각이 터무니없이 안일했다는 것.

그리고 하나 새삼 상기하게 된 사실 하나가 있었다.

자신은 어디까지나 돈을 빌리러 온 처지라는 것.

"한국이 자네에게 해줄 수 있는 건… 일단 한국의 국적을 주겠네. 자네가 미국 시민권을 포기하기 싫다면 예외적으로 이중국적도 고려해 볼 수가 있네."

"저는 미국 시민인 걸로 충분히 만족하고 있습니다만? 그 외에는요?"

"자네가 만일 한국에서 살고자 한다면 각종 세금 혜택이나 그에 따른 여러 가지 편의를 제공하고…….."

"그것뿐입니까? 상환 계획은요?"

"당연히 한국 경제가 안정이 되면 그 즉시 상환에 들어갈 거네."

"그러니까 그게 언젠데요? 5년? 10년? 정권이 바뀌게 되면요? 바뀐 정권이 그 전 정권의 일이라고 차일피일 미루면? 그동안의 이자는? 담보는?"

"……."

혁준의 추궁에 가까운 질문에 이젠 아예 땀만 뻘뻘 흘리는 홍수건이다.

그도 그럴 것이 아무런 준비도 해오지 않았다.

단지 그가 안일했던 것이 아니었다.

급한 마음에 준비할 새도 없이 날아오긴 했지만, 그보다 근본적인 문제는 역시 작금의 한국으로서는 그 어떤 것도 약속할 수가 없는 상황이라는 것이다.

상환 계획이나 이자는 물론이고 마땅히 내세울 담보조차도 없었다.

그런 게 있었다면 그걸 빌미로 이미 주변국에다 돈을 빌렸을 것이다.

국가부도사태를 직면해 있는 상황에서 하루살이 국무총리가 대체 뭘 내걸고 또 뭘 보장할 수가 있단 말인가.

아닌 게 아니라, 그게 주변국이든, 미국이든, 혁준이든 간에 인정에 호소하는 것 말고는 달리 할 수 있는 게 아무것도 없는 것이 지금 홍수건의 처지였다.

"이보게. 자네가 도와주지 않으면 한국은 정말 국가부도사태를 맞게 될지도 모르네. 내 나라 내 민족 내 동포들이 죽음보다 더한 고통 속에서 살아가게 될지도 모르는데 이렇게 그냥 내버려 둘 수는 없는 일이 아닌가?"

결국 홍수건이 할 수 있는 건 인정에 호소하는 것뿐이었다.

다시 원점으로 돌아가긴 했지만 지금 홍수건의 말투는 조금 전까지의 거만했던 말투와는 완전히 달랐다.

그 말투에선 간절함이 절절히 묻어나고 있었다.

하지만 그런 홍수건이 혁준은 가소롭기만 했다.

'애당초 그럼 나라를 그 모양 그 꼴로 만들지를 말았어야지.'

아니, 그런 책임론이야 둘째로 치더라도, 홍수건이 정말로 나라를 걱정하고 있는 거라면 자신에게 요구해야 할 돈은

150억 불이 아니었다.

"하나만 묻죠. 150억 불이면 내 나라 내 민족 내 동포들이 죽음보다 더한 고통으로부터 안전해질 수 있습니까?"

"무, 물론이네."

"물론이라구요?"

"그야 자구 노력이 얼마나 뒤따르느냐에 달린 문제긴 하네만……."

"자구 노력이라… 제가 알고 있는 거랑은 많이 다르군요. 제가 알기로는 한국 경제가 다시 정상을 찾는 데까지 필요한 시간을 벌자면 최소 400억 불은 필요한 걸로 아는데요? 그것도 어디까지나 최소로 잡은 것이지 여러 가지 변수를 가정하면 600억, 아니, 800억 불은 있어야 안정적이구요. 그것도 한국 내 구조적인 문제를 최대한 빠른 시간 안에 완벽히 개선을 한다는 가정하에서요. 아닙니까?"

혁준의 말에 홍수건의 얼굴은 그야말로 시커멓게 죽어가고 있었다.

그도 그럴 것이 혁준의 말은 하나도 틀린 것이 없었던 것이다.

그런데도 홍수건이 150억 불을 요구한 것은, 혁준의 자산을 감안했을 때 그 정도면 융통이 가능하리라는 생각도 있었지만 무엇보다 그거면 현 정부의 임기가 끝나기까지는 구멍을 메울 수 있었기 때문이다.

'결국 외환 위기에 대한 모든 짐을 다음 정부로 떠넘기고 보자는 심산인 거지.'

지금 홍수건이 그에게 돈을 빌려달라는 것도 애국심의 발로나 국민들에 대한 책임감은커녕, 그저 자신을 포함한 현 정부의 면책을 위한 얕은 수작에 지나지 않는 것이다.

'흥! 집안 기둥뿌리가 다 뽑히도록 고기를 처먹어놓고 이제 와서 계산은 나더러 하라는 꼴이지. 그 배에 낀 기름만 쥐어 짜내도 150억 불은 충분히 나올걸?

아니, 정치인들이 비밀리에 해외로 빼돌려 놓은 자금만 끌어 모아도 외환 위기는 극복되고도 남을 것이다.

혁준은 더 들어볼 것도 없다는 듯이 자리에서 일어섰다.

"서로 간에 더 나눌 말은 없는 것 같군요. 도와드리지 못해 유감입니다."

*   *   *

그렇게 홍수건의 요청을 단칼에 거절하긴 했지만 혁준이라고 마음이 마냥 편한 것만은 아니었다.

IMF 이후 일어나는 대혼란을 너무도 잘 알고 있었다.

그리고 자신은 마음만 먹으면 그 대혼란을 막을 힘이 있었다.

과연 이대로 한국이 IMF를 겪는 것을 지켜만 보아야 하는지, 아니면 보다 적극적으로 개입을 해야 하는지 잠깐 고민을 하기도 했다.

그러나,

'이번 한 번 막는다고 해결될 일이 아니지.'

지금 한국이 겪고 있는 위기는 이 한 번 어찌 넘긴다고 해서 그걸로 상황이 끝나는 것이 아니었다.

이미 속에서부터 곪을 대로 곪은 상처였다.

임시방편으로 상처를 가려봤자 속만 더 썩어 들어갈 뿐이다.

목숨을 구하자면 썩은 다리 하나쯤은 잘라내야 했다.

어차피 한 번은 겪어야 할 일, 괜히 관심을 가져봐야 마음만 어지러울 뿐이기에 혁준은 일부러라도 거기에 대해서는 생각하지 않았다.

한국에 대해서는 아예 잊어버리고 에너지 관련 산업에만 더욱 몰두했다.

*   *   *

"대표님!"

어딘가와 전화를 주고받던 차유경이 한껏 고무된 표정으로 혁준을 본다.

혁준이 의아해하며 차유경을 보자 차유경이 한층 격앙된 목소리로 말했다.

"얼마 전에 오리노코 유전벨트에 매입한 유전 말이에요. 방금 조사 결과가 나왔는데 매장량이 40억 배럴이래요!"

정말이지 잭팟이라도 터뜨린 것처럼 흥분하는 차유경이다.

그도 그럴 것이, 지금까지도 빨대만 꽂으면 대형 유전일 정도로 이쪽 방면에서 기가스가, 아니, 혁준이 이루어낸 성과는 어마어마했지만 이건 그중에서도 단연 최고였다.

지금의 원유값으로 환산하면 무려 600억 달러.

거기다 앞으로 원유값이 급등할 거라는 것이 정설인만큼 그 가치가 얼마나 더 올라갈지 아무도 모른다.

하지만 그런 차유경의 흥분된 얼굴과는 대조적으로 혁준은 시큰둥했다.

이미 매장량이 40억 배럴이라는 것을 알고 추진한 일이기도 하거니와, 베네수엘라의 유전 자체가 드러난 것보다 그다지 실익이 없기 때문이었다.

베네수엘라는 앞으로 8년 후면 국유화를 선언한다.

거기에 들어가 있는 해외 자본에게 던져지는 보상액은 고작해야 유전이 지닌 가치의 10퍼센트.

다시 말해 오리노코 유전벨트를 통해 유전을 시추할 수 있는 건 고작해야 8년 동안이라는 것이다.

현재 하루 최대 생산량이 5만 배럴이니 차후 시추 기술이 발전한다고 해도 8년 동안 얻을 수 있는 양은 기껏해야 2억 배럴, 남은 38억 배럴 중 보상을 받는 것까지 합해봐야 총 6억 배럴도 되지 않는 것이다.

6억 배럴이면 대형 유전의 기준에도 못 미친다.

빨대만 꽂으면 대형 유전인 기가스의 입장에서는 그다지 메리트가 없는, 그야말로 겉만 번지르르했지 실속은 전혀 없는 유전인 것이다.

그럼에도 혁준이 그곳의 유전을 사들인 것은 오리노코 유전벨트에 대한 호기심과 더불어서 그저 노는 땅 그냥 두긴 아깝다는 생각에서였다.

그러니 저렇듯 흥분하는 차유경과는 달리 혁준은 시큰둥하기만 한 것이다.

그러고 보면 돈이 얼마가 있든, 얼마나 많은 기업체를 가지고 있든 참 부질없다는 생각이 든다.

그 거대한 자본들이 국가라는 이름으로 자행되는 횡포 앞에서는 제대로 항의 한번 해보지 못한 채 가진 것들을 다 빼앗기고 베네수엘라에서 내쳐졌으니 말이다.

그건 기가스 컴퍼니라고 해서 다르지 않다.

기가스 컴퍼니도 결국은 미국이라는 바다 위에 던져진 돛 단배에 지나지 않는다.

지금이야 잠잠하지만 파도가 거세지고 풍랑이 심해지면 무기력하게 뒤집어져서 침몰할 수밖에 없는 조금 큰 돛단 배.

그게 국가라는 이름이 가진 힘이다.

'국가라⋯⋯.'

잠시 생각에 잠겼던 혁준이 차유경에게 물었다.

"현대사회에 국가를 새로 세우는 게 가능할까요?"

혁준의 뜬금없는 질문에 어리둥절한 표정으로 눈을 동그 랗게 뜨는 차유경이다.

"그냥요. 그런 게 가능한가 해서요."

스스로도 좀 유치하다 생각했는지 멋쩍게 웃는 혁준이다.

그런 혁준을 보며 무슨 생각이 들었는지 차유경이 사뭇 진 지하게 대답했다.

"법제도상으로는 가능해요. 하지만 현실적으로는 불가능 해요. 아니, 보다 정확히 말하면 나라는 세울 수 있지만 국제 사회에서 인정받는 나라를 세우는 건 불가능해요."

"하긴 그렇겠죠. 영토를 지키려면 군대가 필요한데 국제사 회가 그걸 용인해 줄 리가 없으니까."

"아뇨. 군대는 없어도 돼요. 모나코만 해도 국방에 관한 모든 것을 프랑스에 의존하니까요. 심지어 물, 가스 등 생필품까지도 프랑스에 의존하고 있죠. 인구는 고작 3만, 땅은 세계에서 두 번째로 작은 나라. 그런데도 국제사회는 모나코를 관광 대국이라 부르며 존중하고 있어요. 그건 그들이 민족성을 가지고 있기 때문이에요. 법제도상으로 국가의 요건은 주권, 국민, 영토지만 역사와 전통에서 비롯된 민족성이 없으면 국제사회에서 국가로서의 정통성을 인정받기란 힘든 일이죠. 하지만……."

잠시 말을 끊은 차유경이 혁준을 뜨거운 눈빛으로 본다.

그리고 말을 이었다.

"국가를 세우는 건 불가능하지만 만일 대표님께서 그럴 뜻이 있으시다면 그에 준하는 것은 만들 수 있어요."

"그게 뭐죠?"

"자치구예요. 국가에 준하는, 국가에 버금가는, 국가를 초월하는 보다 독립된 형태의 자치구. 지금이라면 가능한 일이죠."

순간, 혁준은 차유경이 자신의 마음을 정확히 읽고 있다는 걸 알았다.

그리고 지금 그녀가 어떤 구상을 머리에 그리고 있는지도 대강 짐작할 수 있었다.

'이런 걸 이심전심이라 하는 거지.'

어쩌면 그가 이런 생각을 하게 되리란 것까지 이미 계산해 두고 있었는지도 모른다.

아니, 이 여자라면 분명 그럴 것이다.

혁준이 차유경을 보며 씨익 웃었다.

"그럼 어디 한번 자세히 얘기 좀 나눠볼까요?"

그날부터 혁준과 차유경은 만사 다 제쳐 두고 그 일에 매달렸다.

둘만으로는 부족해서 법률적 자문을 위해 제일린 화이트까지 불러다가 사무실에서 몇 날 며칠 밤을 새웠다.

그렇게 혁준이 그 일에 매달리고 있는 사이, 한국에 IMF가 터졌다.

정권도 바뀌었다.

칼리고에게서 연락이 온 것은 그 무렵이었다.

"어쩐 일이십니까?"

─자네가 관심이 있어 할지 어떨지는 모르겠네만 그래도 자네의 모국에 관한 일이니 알아는 둬야 할 것 같아서 말이네.

"……?"

─아무래도 미국의 투기 자본이 본격적으로 한국을 공략

할 모양이야. H&Q와 매틀린패터슨이 이미 움직이고 시작했고 올림푸스캐피탈도 곧 들어간다더군. 거기다 JP모건도 한국을 노리고 있고. 론스타라던가… 부실채권에 관해서는 그 방면에 악명이 자자한 텍사스의 사모펀드도 움직일 거라더군. 아마도 GM 같은 기업들도 발을 뻗을 거야. 왜 안 그렇겠나? 고배당에 시세 차익, 거기다 환차익에 적대적 인수합병에 따른 매각 차익까지… 여기저기 눈먼 돈들이 굴러다니는데 투기 자본이 그걸 내버려 둘 리가 없지 않겠나?

칼리고 발터가 알려준 정보는 혁준에겐 사실 새삼스러울 것도 없는 것들이었다.

IMF 이후 외국인 주식 매입 한도가 완화되고 회사채 시장이 개방 확대되면서 그로 인해 해외 투자자들이 한국으로 몰려들었다.

그 해외 자본이 한국 경제에 여러 가지 병폐를 낳아 두고두고 고질적인 문제가 되기도 했지만 시장 경제라는 게 약점을 보인 쪽이 잘못인 거지 그 약점을 물어뜯은 쪽이야 당연히 할 일을 했을 뿐인 것이다.

그래서 딱히 악감정이 있는 것은 아니었다.

국책은행인 외환은행의 주가를 조작하고 부실 은행으로 둔갑시켜 헐값에 매수한 론스타 사태만 해도 그게 어디 론스타만의 잘못이었겠는가? 그런 더러운 곳과 공모하여 국책은행을 팔아넘긴 정부 관료와 은행 임직원들에게 그 책임이 있는 것이고, 알짜배기 국책은행을 그런 더러운 자금의 사냥감이 되도록 내버려 둔 한국 정부의 무능함이 가장 근본적인 문제인 것이다.

하지만, 그런 것과는 별개로 혁준의 눈은 묘한 기대감으로 반짝였다.

'드디어 시작이로군.'

이미 '국가' 라는 점 하나로 시작된 막연한 그림은 스케치가 끝난 상태였다.

이제 색만 입히면 된다.

혁준은 그날 기가스 컴퍼니의 이름으로 편지를 띄웠다.

그것은 앞으로 한국에 들어올 해외 투자회사를 비롯해 세계 경제계를 움직이고 있는 핵심 인사들에게 보내는 초대장이었다.

그리해 일주일 후, 세계 경제계를 움직이고 있는 인사들이 뉴욕의 월도프 아스토리아 호텔로 모여들었다.

*   *   *

"초대장을 보낸 88곳 중 72곳에서 사람이 도착했어요. 불

참을 통고해 온 곳이 16곳이니 올 사람들은 다 왔다고 보면
될 것 같아요."

혁준을 대리해서 초대 손님들과 먼저 인사를 나누고 온 차
유경이 거울을 보며 옷매무새를 고치고 있는 혁준에게 그렇
게 보고를 했다.

"72곳이라… 생각보다 적네. 아직은 내 영향력이 그것밖에
안 된다는 거로군."

서운한 기색은 없었다.

그저 지금의 위치를 담담히 받아들이는 혁준이다.

사실 서운해할 일도 아니었다.

초청한 미국 경제인들은 14명 중 12명이나 참석했다.

미국 외에도 기가스 컴퍼니의 기술을 쓰는 곳은 어김없이
오늘 이 자리에 와 있었다.

빠진 16명 중 14명이 기가스 컴퍼니의 영향력이 미치지 않
는, 사모펀드 등 사적으로 모인 순수 자본들이만큼 세계 경
제계가 다 움직였다고 해도 과언이 아니었다.

"미국에서 빠진 두 곳은 어디죠?"

"선세이지와 CVC예요."

미국 금융계를 대표하는 회사들이다.

차라리 잘되었다 싶었다.

그들의 미국 내 영향력이라는 건 아무리 혁준이라도 간단

히 무시할 수 있는 것이 아니었다. 기술력을 내세워 휘두를 수 있는 성격의 회사들도 아니었다. 무엇보다 칼리고 발터와 마찬가지로 유대계 자본이었다.

특히 선세이지는 금융 제국을 형성해 발터가와 더불어 미국 경제의 양대 지주라 일컫는 체이서 가문의 계열사였다.

발터 가문과 체이서 가문이 120년 전부터 정략결혼을 통해 한 집안처럼 지내는 사이인만큼 아무래도 이런 자리에서 만나는 건 혁준으로서도 부담스러웠던 게 사실이다.

그랬다.

좋은 말이 오갈 자리가 아니었다.

좋은 말을 하고자 부른 것도 아니었고 좋은 말을 듣고자 부른 것도 아니었다.

그러하기에 혁준의 표정은 사뭇 비장했다.

그 비장함의 이유를 알기에 차유경의 얼굴 또한 무겁게 가라앉아 있었다.

한 번 더 옷매무새를 가다듬은 혁준이 이윽고 고개를 끄덕였다.

"가죠."

혁준이 문을 나섰다.

혁준이 대회의장 안으로 들어서자 일흔두 명의 경제인들

의 시선이 일제히 혁준을 향했다.

더러는 혁준에 대한 호기심으로 눈을 반짝였고 더러는 그 눈에 어떤 경계와 노골적인 불쾌감을 담았다.

예상했던 대로 분위기는 사뭇 무거웠다.

하지만 혁준은 그런 분위기와는 달리 만면에 웃음을 띠고 대회의장의 중앙, 자신의 자리로 향했다.

대회의장 중앙에 자리를 잡은 혁준은 아무 말 않고 일흔두 명의 면면을 하나하나 둘러보았다. 이미 사전에 인명을 파악해 둔 상태였기에 누가 어디의 누군지 정도는 바로바로 알 수 있었다.

혁준이 그렇게 아무 말 없이 사람들을 둘러본 것은 꽤 긴 시간이었다.

자연히 대회의장 안은 묘한 정적이 감돌았다.

분위기도 한층 더 무거워졌다.

특히 노골적으로 불쾌감을 드러내고 있는 몇몇은 당장에라도 불만을 터뜨리기라도 할 듯이 입술을 실룩거리고 있었다.

혁준이 그들 앞에 허리를 숙여 보이며 인사를 한 것은 그때쯤이었다.

"기가스 컴퍼니 대표 권혁준입니다. 먼 길 노고에도 불구하고 이렇게들 찾아주셔서 감사합니다. 어차피 친목이나 도

모코자 모신 것이 아닌 만큼, 서론은 접고 바로 본론부터 말씀드리겠습니다. 제가 여러분들을 여기까지 청한 이유는 딱 하나입니다.

그리고 던진 한마디.

"한국에서 손을 떼십시오."

"그게… 무슨 말씀이십니까?"

황당해하는 사람들을 향해 혁준이 한 번 더 힘주어 말했다.

"이제 그만 한국에서 손을 떼시라 말씀드리는 겁니다."

제40장
대체 무슨 꿍꿍이
속인가?

GET ALL.
THE WORLD

혁준의 말에 회의장 안에 들어찬 것은 딱 하나였다.

황당무계.

왜 아니 그렇겠는가?

혁준의 말은 너무도 비현실적이었고 너무도 비상식적인
것이었다.

한국에서 손을 떼라니?

대체 무슨 자격으로 자신들에게 그런 말을 한단 말인가?

황당함에서 이어진 것은 반발이었다.

"이보십시오, 미스터 권. 미스터 권의 모국이 한국이란 것은 알고 있습니다만, 대체 무슨 뜻으로 그런 말씀을 하는지 알 수가 없군요. 설마 지금 우리에게 한국에 대한 투자를 그만두라고 말씀하시는 겁니까?'

사뭇 거칠고 도전적인 말투로 그렇게 반발을 한 것은 뉴퍼시픽캐피탈의 데이비드 비온드였다.

데이비드 비온드의 말이 있고 여기저기서 그에 동조하는 목소리들이 터져 나왔다.

"정말 이해가 안 되는군요. 우리가 어느 곳에 투자를 하든 그건 어디까지나 우리가 결정할 일인데 왜 기가스 컴퍼니에서 관여를 한다는 말입니까?'

"맞습니다. 지금 미스터 권의 말씀은 자본주의의 가장 기본인 자유경쟁의 시장 논리를 무시하고 있는 것이 아닙니까? 돈이 되는 곳에 자본이 몰리는 게 당연한 일인데 그걸 무슨 권한으로 기가스 컴퍼니에서 손을 떼라 마라 하시는 겁니까?'

론스타의 존 그레이켄과 S&D펀드의 사무엘 미추 회장이었다.

혁준이 살펴보니 회의장 안은 두 부류로 나누어져 있었다.

하나는 기가스 컴퍼니와 기술제휴를 맺는 등 직접적으로 연관이 되어 있는 기업들이었고 하나는 사모펀드 등의 투자회사들이었다.

투자회사들은 아예 대놓고 불쾌해하기도 하고 불만을 터뜨리기도 하는 것에 반해 기가스 컴퍼니와 직접적으로 관계되어 있는 기업들은 불만은 있어 보였지만 그런 불만을 아예 대놓고 표출하지는 못하고 있었다.

시종일관 웃는 얼굴로 그런 두 부류의 반응을 지켜보고 있던 혁준이 입을 열었다.

"자유경쟁도 좋고 시장 논리도 다 좋습니다. 옳으신 말씀입니다. 하지만 아시다시피 한국은 제 모국입니다. 내 나라가 갈기갈기 찢겨 나갈 것이 뻔한데, 살점을 물어뜯기고 뼈마디가 잘려 나갈 걸 알면서도 그걸 지켜만 보고 있을 수는 없는 일이 아니겠습니까?"

"그거야 우리 잘못이 아니지 않소? 한국이 스스로 자초한 일인데 왜 우리가 손해를 보면서까지 그 사정을 봐줘야 합니까?"

"여러분들 잘못이 아니라구요? 정말 그렇게들 생각하십니까? 정말 한국의 IMF 사태에 다들 아무런 잘못이 없다 그렇게들 생각하시는 겁니까? 투자 자본을 거둬들여서 주가를 붕괴시키고 환율을 올리고 외화보유고를 말리고 뒤에서 IMF를 획책하고… 그 일에 아무런 관여도 하지 않았다 다들 맹세할 수 있습니까? 물론 어디까지나 한국의 무능과 오래된 부패가 가장 큰 원인일 테지만 제가 알기로는 여러분들께도 일말의 책임 정도는 있는 걸로 아는데, 제가 잘못 알고 있는 겁니까?"

이번에는 반박하고 나서는 사람이 없었다.

혁준의 말은 틀린 것이 없었기 때문이다.

하지만 그렇다고 불만들이 사라진 것은 아니었다.

"만일 우리가 한국에서 손을 떼지 않겠다고 하면 어쩔 겁니까?"

S&D펀드의 사무엘 미추 회장의 신경질적인 물음에 혁준이 고개를 저었다.

"아니죠. 손을 떼지 않겠다면 어쩔 거냐는 걸 물어보실 게 아니라 먼저 한국에서 손을 떼면 뭘 해줄 수 있느냐를 물어보시는 게 맞지 않겠습니까?"

혁준의 말에 사무엘 미추뿐만 아니라 회의장 안 모든 사람들이 의아해하며 혁준을 본다.

그도 그럴 것이 한국에서 손을 뗌으로 해서 빚어지는 어마어마한 손해를 혁준이 무슨 수로 메워줄 건지 감이 잡히지 않는 것이다.

하지만 그러면서도 상대가 기가스 컴퍼니이기에, 기가스 컴퍼니가 만들어온 신화를 알기에 혁준을 보는 눈에 한 가닥 기대를 담는다.

그런 시선 속에서 혁준이 단상에서 내려왔다. 그리고 미리 준비해 온 서류들을 직접 72명의 기업인들에게 나눠 주었다.

그걸 받아본 사람들이 일제히 놀란 얼굴을 하며 혁준과 혁준이 나눠준 서류를 번갈아 본다.

다시 자신의 자리로 돌아온 혁준이 사람들을 보며 말했다.

"베네수엘라 오리노코 유전벨트에서 저희가 개발한 유전입니다. 다들 들어서 아시겠지만 추정 매장량이 40억 배럴에 달하죠. 지금의 원유값으로 환산하면 무려 600억 달러. 그 유전의 지분을 여러분들의 자본금 규모에 따라 비율적으로 나눈 것입니다. 여러분들이 한국에 대한 투자를 포기하신다면 지금 여러분들의 손에 들린 오리노코 유전의 지분이 여러분들의 것이 될 거라는 말씀입니다."

사실 엄밀히 말하면 40억 배럴이 아니라 6억 배럴이다.

돈으로 환산하면 90억 달러.

그걸 단순 나누기로 72등분을 하면 한 회사당 돌아가는 것은 고작 1억 달러 정도밖에 안 된다.

물론 저들은 그 사실을 모른다.

저들이 아는 것은 추정 매장량이 40억 배럴이라는 것과 하루 생산량이 5만 배럴에 달한다는 것뿐이다.

혁준도 그저 '노는 땅 둬서 뭐하나' 라는 생각으로 매입

한 유전을 이렇게 유용하게 써먹게 될 줄은 미처 생각 못
했다.

40억 배럴을 미끼로 투자를 받기에는 격 떨어지는 사기질
이 되고 되팔기에는 유전이란 것이 불확실성을 전제로 두기
에 제값을 받기 힘들다.

그럴 바에야 차라리 과시용으로 두는 게 낫다고 생각했었
다. 실제로 그 편이 더 이득이라는 자체 손익계산도 나왔다.

딱 그 정도의 효용가치밖에는 되지 않던 것이었다.

그런데, 그렇게 하잘것없던 유전이 지금 이 순간 세계 경제
계의 큰손들을 홀리는 더할 수 없이 매력적인 떡밥이 되어 있
는 것이다.

물론 이 또한 사기라면 사기다.

하지만 저들이 앞으로 한국에서 자행하게 될 일은 이보다
훨씬 더 큰 사기였다.

훨씬 더 잔인하고 훨씬 더 매몰차고 훨씬 더 가차 없는 사
기.

그러니 지금 혁준은 사기를 사기로 막는 것뿐이다.

'궤변인가?'

하긴, 궤변이면 뭐 어떠랴?

애초에 저 하이에나처럼 탐욕스러운 장사꾼들을 상대로
바르고 정직하게 거래를 할 생각 따위는 추호도 없었으니까.

혁준의 제안에 다들 꽤나 흥분해 있는 모습이었다.

매장량 40억 배럴의 유전은 그만큼 매력적인 것이었다.

하지만,

"미스터 권의 말씀대로 확실히 좋은 조건이긴 합니다. 그러나 유전은 한국 시장을 통해서 우리가 얻을 수 있는 수익에 비해 장기적으로는 더 큰 이득이 될지는 모르지만 우리 펀드와는 그 성격이 맞지 않습니다. 우리 고객들은 장기적인 이득보다는 당장의 단기 이익에 더 큰 매력을 느끼니까요."

"솔직히 장기적으로도 유전이 과연 더 큰 이득이 될지 저는 잘 모르겠습니다. 아니, 좀 더 솔직히 말씀드리면 오리노코 유전보다 지금 한국이 저희에겐 더 크고 더 매력적인 시장인 것이 사실입니다."

"자세히 계산을 뽑아봐야겠지만, 아니, 사실 따로 계산을 뽑을 것도 없습니다. 하나는 기름밭이고 하나는 황금밭인데 이건 비교 대상 자체가 아니지요."

그 같은 반발에 혁준이 비릿하게 웃었다.

"뭔가 계산들을 잘못하고 계신 듯한데……."

비릿하게 웃으며 반발하는 자들을 훑었다.

"여러분들이 지금 여러분들의 손에 들린 유전의 지분과 비교를 해야 하는 건 지금의 한국 시장이 아니라 저희 기가스 컴퍼니가 들어가 있을 시의 한국 시장입니다."

"그게 무슨 말씀입니까?"

"아까도 말씀드렸다시피 한국은 제 모국입니다. 그리고 저는 제 모국이 갈기갈기 찢겨 나가는 것을 그냥 두고 볼 생각이 없습니다. 다시 말해 필요하다면 저는 여러분들 모두와 머니게임이라도 할 용의가 있다는 말씀입니다."

"……."

"게다가 저는 한국계입니다. 한국에서 나고 자라기도 했죠. 여론과 명분에서부터 여러분들보다는 훨씬 더 유리한 입장이라는 겁니다. 같은 금액이라면 한국 정부가, 기업이 그런 저와 여러분들 중 누구와 거래를 하려고 하겠습니까? 열에 아홉은 제 손을 들어주지 않겠습니까? 그런데도 과연 한국이 여러분들에게 황금밭일 수가 있겠습니까?"

"……."

혁준의 말에 그 누구도 토를 달지 못했다.

혁준이 그런 그들을 둘러보며 못을 박듯 말했다.

"20퍼센트! 장담하는데 여러분들이 한국에서 벌어들일 돈은 여러분들이 계획하고 있는 것의 20퍼센트를 넘지 못할 것입니다. 그러니 여러분들의 손에 들린 유전의 지분과 비교해야 하는 건 그 20퍼센트의 이득인 겁니다. 자, 그럼 다시 묻겠습니까? 한국 시장과 오리노코 유전, 어디가 더 이득이겠습니까?"

이번에도 누구 하나 입을 열지 못했다.

하지만 그들의 마음은 이미 한쪽으로 급격히 기울어지고 있었다.

기가스 컴퍼니와의 머니게임은 그 자체로 자살행위였다.

게다가 혁준의 말대로 여론과 명분에서 절대적으로 불리한 싸움이었다.

혁준은 20퍼센트라고 했지만 기가스 컴퍼니가 끼어든다면 10퍼센트도 장담할 수 없는 게 사실이었다.

그런데, 그때였다.

"이건 그냥 협박이로구만."

누군가 비웃듯 조소를 흘린다.

"이래서 근본도 없는 동양인하고는 상종을 말아야 한다니까. 감히 어디서 주제도 모르고 저속한 협박질이야?"

혼잣말처럼 투덜거린다.

하지만 누구라도 다 들을 수 있을 만큼 또렷한 목소리였다.

혁준이 그 말의 주인을 찾았다.

S&D펀드 사무엘 미추.

시종일관 혁준에게 적의와 냉소를 뿌리던 남자다.

그 이유를 이제야 알았다.

'뼛속 깊이 백인 우월주의자에 인종차별주의자였었군.'

그렇지 않고서야 아무리 혁준의 영향력이 크게 미치지 않는 사모펀드라고 해도 이런 자리에서 혁준을 상대로 이렇게 노골적으로 적의를 드러낼 리도, 동양인 운운하며 냉소를 뿌려댈 리도 없다.

당연히 혁준은 그냥 넘어가지 않았다.

"지금 뭐라고 하셨습니까?"

혁준이 노려보자 사무엘 미추는 턱을 치켜들고는 오히려 더욱 고개를 빳빳이 새운다.

"어디서 협박질이냐고 했소!"

"협박질?"

"그럼 이게 협박질이 아니면 뭐요? 돈 벌러 미국 땅에 왔으면 그냥 조용히 돈만 벌면 될 것이지 어디서 주제넘게 우리더러 이래라 저래라난 말이야! 저열하고 냄새나는 동양인 주제에! 미국 땅에 산다고 다 같은 미국인인 줄 알아?"

이젠 아예 대놓고 인종차별이다.

더 기가 막힌 것은 몇몇 사모펀드의 인사들이 그의 말에 동조하듯 혁준을 같은 눈으로 보고 있다는 것이다.

혁준은 그런 그들을 보며 하이에나를 떠올렸다.

사막의 시체 사냥꾼들.

그 지독한 하이에나 떼를 다스리는 방법은 하나뿐이었다.

본보기로 한 놈의 목을 물어 즉사시켜 버리는 것.

"좋습니다. 협박질을 했다고 하시니 이왕 하는 거 아주 제대로 협박질을 해드리죠."

그렇게 말한 혁준이 모두가 지켜보는 앞에서 성큼성큼 사무엘 미추에게로 다가갔다. 그리고 그를 눈 아래로 내려다보며 씹어뱉듯 말했다.

"선언하죠. 만일 S&D펀드가 한국에 들어온다면, S&D펀드에 속한 투자자들과 눈곱만큼이라도 관계된 기업은 향후 기가스 컴퍼니의 기술은 단 하나도 얻지 못할 것입니다. 혹시 그 투자자가 정부의 요인이라면 그 사람이 속한 나라에도 또한 기가스 컴퍼니의 기술은 들어가지 않을 것입니다. 더불어 향후 S&D펀드가 관여하는 모든 사업에 기가스 컴퍼니가 경쟁자로서 참여할 거라는 것도 알아두시는 게 좋을 겁니다. 어떻습니까? 이 정도면 제대로 협박질이라고 할 수 있지 않겠습니까?"

"이……!"

이번만큼은 사무엘 미추도 바로 반박을 하지 못했다.

그럴 수밖에 없었다.

혁준이 한 협박은 도무지 뻗대려야 뻗댈 수가 없는 것이었다.

만일 정말로 혁준이 자신의 말대로 그대로 실행을 한다면 아무리 기가스 컴퍼니에 크게 영향을 받지 않는 S&D라고 해도 그 즉시 문을 닫을 수밖에 없다.

기가스 컴퍼니가 무서워서 남아 있을 투자자들이 없을 텐데 사모펀드가 무슨 수로 유지가 되겠는가 말이다.

그건 비단 사무엘 미추만 느끼는 위협감은 아니었다.

이 자리에 모인 모든 경제인들에게 혁준의 힘이란 걸 새삼 확인시켜 주는 순간이었다.

어디까지나 사무엘 미추에게만 한 협박이지만 그 협박이 다른 기업들에게도 그대로 적용되지 말라는 법이 없는 것이다.

길은 하나뿐이다.

무조건 혁준의 말을 따르는 수밖에 없다.

그냥 유전에 만족하고 손을 터는 게 지금으로선 최선이었다.

하지만 그럼에도 선뜻 결정을 내리지 못하는 것은 한국 시장을 노리고 그들에게 투자를 한 투자자들 때문이었다.

그들 대부분이 기업의 인수, 매각을 통해 시세 차익, 환율 차익, 매각 차익을 얻으려는 단기투자자들인데 당장 눈앞의 현금을 포기하고 유전 정도에 만족할까?

모르긴 몰라도 납득도 이해도 하려 들지 않을 것이다.

그렇게 그들이 이러지도 저러지도 못하고 고민에 잠겨 있을 때였다.

서로의 눈치를 살피며 어찌할지 갈피를 못 잡고 있는 그때, 갑자기 회의장 문이 열리며 회의장 안으로 두 명의 노인이 들어섰다.

　순간, 회의장 안은 놀람과 더불어서 숨 막힐 듯한 정적에 휩싸였다.

　그도 그럴 것이 두 명의 노인은 다름 아닌 미국, 아니, 세계 경제의 가장 큰 거인인 발터가의 주인 칼리고 발터와 체이서가의 주인 다이몬 체이서였기 때문이다.

　그 둘의 등장은 혁준으로서도 전혀 예상치 못한 것이었다.

　그래서 이 예상치 못한 상황에 멀뚱히 서 있는데, 그런 혁준에게로 다가온 다이몬 체이서가 모두가 들리도록 낭창낭창한 목소리로 말했다.

　"들기로는 우리 가문의 계열인 선세이지를 이 자리에 불렀다고 하더군. 그래서 내가 선세이지는 물론 우리 가문의 뜻을 자네에게 전하고자 왔네. 지금 이 시간부로 우리 체이서가는 단 1센트의 돈도 한국에 투자하지 않을 것이네."

　"그건 우리 발터가 역시 마찬가지고."

　칼리고가 혁준을 보며 장난스럽게 한쪽 눈을 찡긋거렸다.

　이렇게 결정적일 때 등장을 한 것도, 동시에 다이몬 체이서까지 데리고 온 것도 모두 혁준을 위한 연출임이 분명했다.

이렇게까지 도와줄 거라고는 생각지도 못한 혁준으로서는 그만큼 감동을 받을 수밖에 없었다.

'이것 참, 빚 한번 제대로 졌네.'

어쨌거나 이로써 상황은 종료였다.

발터가와 체이서가가 힘을 실어준 마당에 감히 거기에 토를 달 사람은 여기에 아무도 없는 것이다.

*　　　*　　　*

일흔두 명의 경제인들은 내키든 내키지 않든 간에 혁준의 제안을 받아들였다.

S&D펀드의 사무엘 미추 회장도 얼굴에는 노골적인 불만을 고스란히 담고 있었지만 결국 울며 겨자 먹는 심정으로 승인을 할 수밖에 없었다.

그렇게 경제인들이 떠나가고 회의장 안에 혁준과 칼리고, 그리고 다이몬 체이서만이 남게 되었을 때 혁준이 다이몬 체이서에게 정중히 인사를 건넸다.

"권혁준입니다. 칼에게 미스터 체이서의 말씀은 많이 들었습니다만 이런 자리에서 이렇게 뵙게 될 줄은 미처 몰랐네요. 도와주셔서 감사합니다."

"허허. 나도 칼에게 자네에 대해서는 귀가 따갑도록 들었

지. 언제고 꼭 한번 보고 싶었는데 마침 그게 자네에게 도움
이 되는 자리였다니 나로서도 기쁜 일이네. 아, 그리고 다이
몬이라고 그냥 편하게 부르게."

"예, 그러죠. 저도 편하게 불러주십시오."

그렇게 간단하지만 기분 좋은 인사가 오가고 혁준이 칼리
고를 보았다.

"대체 어떻게 된 일입니까?"

이번 모임을 계획했을 때 가장 먼저 알린 것이 칼리고 발터
였다.

하지만 그건 어디까지나 정보의 교환 차원이었지 그에게
뭔가를 부탁하려는 의도도 아니었고 그런 부탁을 하지도 않
았다. 그런데 대뜸 다이몬 체이서까지 데리고 와서 자신에게
힘을 실어준 이 상황이 놀랍기도 하고 고맙기도 했다.

"친구를 위해 이 정도는 당연한 일 아닌가? 돈 드는 일도
아니고 말이야."

칼리고가 장난스럽게 웃었다.

그 장난스러운 웃음이 마음을 묘하게 울려댄다.

"그러나… 방법이 너무 과격했어."

"……."

"총잡이가 어쩔 수 없이 죽음을 옆에 끼고 살아가듯이 사
업을 하다 보면 어쩔 수 없이 적을 만들며 살아갈 수밖에 없

는 게 장사꾼의 숙명이지. 하지만 오히려 그런 만큼 가능하면
적을 만들지 않아야 하는 게 또한 장사꾼의 지혜네. 그렇지
않으면 언제고 감당할 수 없을 만큼 많아진 적에 치여서 그
자신이 죽게 될 테니까 말이야. 준 자네는 오늘 너무 많은 적
을 만들었어. 당장이야 자네가 강하니 다른 어떤 행동을 취하
지는 않을 테지만 자네가 약해졌을 때는 그 즉시 자네의 살점
을 물어뜯으려 할 것이네. 돈놀이를 하는 사람들이란 것이 대
개 작은 일에도 크게 마음을 상해서는 오래오래 곱씹어대는
부류들이니까."

그렇잖아도 사실 사무엘 미추를 상대로 했다지만 모두가
보는 앞에서 그런 협박까지는 하지 않는 게 낫지 않았을까 하
며 반성을 하고 있던 참이었다. 그래서 칼리고에게 뭐라 대답
을 하려는데, 그보다 앞서 다이몬이 칼리고의 말을 받았다.

"아니지, 아니야. 힘을 보일 때는 확실하게 보일 필요가 있
어. 특히 초장에 제대로 길을 들여놓지 않으면 돈놀이를 하는
부류라는 게 언제든 기어오르려고 하게 마련이거든. 더구나
한국이라는 황금시장을 포기하라는 건데 좋은 말로 해서 될
일이 아니지. 오히려 난 준의 그 같은 배포가 마음에 들었네.
칼이 왜 그토록 침을 튀겨가며 자네 칭찬을 했는지 이제야 알
것 같단 말이야. 암! 모름지기 사내라면 그 정도 배포는 부릴
줄 알아야지!"

마피아 보스 같은 느낌의 칼리고가 신중한 면모를 보인다면 학자풍의 다이몬은 그 생김새와는 정반대로 상당히 거칠고 불도저 같은 기질의 소유자처럼 보였다.

"그래도 S&D의 사무엘은 조심해야 할 인물이지."

"그렇지. S&D펀드는 적으로 두기에는 상당히 껄끄러운 곳이지."

다이몬과 칼리고의 말에 혁준이 흠칫해서 물었다.

"아는 사람입니까?"

사실 급하게 명단을 추려서 초대장을 보내느라 그 하나하나를 자세히 살피지 못했다. S&D펀드에 대해 아는 거라고는 미국 금융계에 무섭게 치고 올라오는, '기업 사냥'을 전문으로 하는 사모펀드라는 것 정도가 다였다.

"아마 미국 내 로비력으로 따지면 우리 유대계가 속한 에이팩(AIPAC) 바로 다음 자리를 차지할 것이네. 이미 그 로비력을 바탕으로 군산복합체로의 기틀도 마련을 했지. 정관계 핵심 인사들이 S&D에 투자자로 있다는 것은 이제 비밀이랄 것도 없는 일이네."

혁준이 생각했던 것보다 훨씬 더 거물이라는 것이다.

그만한 로비력에 군산복합체로 기틀을 잡았고 거기다 정관계 핵심 인사들마저 투자자로 있다면 앞으로 급성장해 갈 것은 불을 보듯 뻔한 일이었다.

'하긴 그 정도는 되니까 그렇게 내 앞에서 깝칠 수가 있었던 거겠지.'

사전 조사가 부실했던 것에 자책을 하게 된다.

하지만 그뿐이다.

아무리 S&D가 급성장하는 신흥 사모펀드라고 해도 그가 신경을 쓸 정도의 회사는 아닌 것이다.

"그래. 이제 어쩔 생각인가? 이런 무리수를 두면서까지 모국을 위해 충성한다는 건 자네에겐 어울리지 않는 일인데 말이야. 더구나 40억 배럴의 초대형 유전까지 넘기다니… 대체 무슨 꿍꿍이속인가?"

물론 꿍꿍이속이야 있다.

그리고 40억 배럴이 아니라 고작 6억 배럴의 작은 유전이고.

혁준이 의미심장하게 웃기만 하자 칼리고가 다시 물었다.

"내가 알기로는 지금 한국의 상황으로는 해외 투자 자본이야말로 생명줄이나 다름없는 것인데 그걸 막았으니 이제 한국으로서는 기댈 곳이 자네밖에 없네. 물론 자네가 노리고 있는 것도 그것일 테지. 그래, 이제 어떻게 할 생각이신가?"

칼리고의 말에 혁준이 담담히 말했다.

"우선 600억 불을 투자할 생각입니다."

"600억 불이나?"

칼리고와 다이몬이 의외라는 얼굴을 했다.

한국의 국무총리가 왔을 때 150억 불도 빌려주지 않던 그가 갑자기 그 네 배에 달하는 돈을 투자하겠다고 하니 황당할 수밖에 없었다.

그런 그들을 보며 혁준이 다시 의미심장하게 웃었다.

"이왕 애국을 하는 거면 그 정도는 해야 되지 않겠습니까?"

제41장

제국 건설의 시작 II

혁준의 그 말은 결코 허언이 아니었다.

바로 다음 날, 기가스 컴퍼니에서 공식 성명을 통해 한국에 대한 600억 달러의 투자를 천명한 것이다.

한국은 그야말로 난리가 났다.

IMF로부터 56억 불의 1차 원조가 있고 다시 20억 불의 지원이 있었다. 세계은행에서도 국조 조정 차관 20억 달러를 승인했다.

하지만 해외 자본들이 이것저것 재고 따지며 미적대는 통에 한국 사정은 오히려 더 나빠만 지고 있었다.

급기야 해외 투자 자본을 유혹하기 위해 외국인 투자 업종을 추가 개방 확대하고 외국인 주식 투자 한도까지 전면 폐지했지만 상황은 별반 나아질 기미가 보이지 않았다. 오히려 엎친 데 덮친 격으로 내수 시장마저 위축되면서 2분기 성장률은 무려 −7.2퍼센트까지 곤두박질쳤다.

기가스 컴퍼니의 한국에 대한 600억 달러 투자 발표가 있은 것은 그 무렵이었다.

기가스 컴퍼니의 투자 발표는 가뭄에 단비 정도가 아니라 아예 폭우였다.

한국은 온통 그 이야기로 떠들썩했다.

마치 온통 암흑이었던 세상에 한 줄기 빛이 새어든 것처럼, 한국인들에게 기가스 컴퍼니는 구원이었고 희망이었다.

각종 매스컴에서도 기가스 컴퍼니의 결정을 환영하는 뉴스가 연일 계속되고 있었다.

기가스 컴퍼니의 부사장 차유경이 법무팀과 감사팀 등 실사단을 이끌고 한국에 내방했을 때는 마치 할리우드 스타가 방문한 것처럼 열렬한 환영 인파가 마중을 나오기도 했었다.

그만큼 절박한 한국이었다.

그만큼 절실한 한국이었다.

어이없는 것은 그런 와중에도 어김없이 숟가락 하나를 얹는 정부의 행태였다.

"이 모든 것이 현 정부의 노력에 기인한 결과로, 정부는 해외 투기 자본의 유입을 막아 국부의 유출을 막는 한편으로 각고의 노력을 기울여 기가스 컴퍼니의 600억 달러에 달하는 투자를 이끌어내는 데 성공했습니다. 이는 현 정부의 뛰어난 외교력이 가져다준 빛나는 성과가 아닐 수 없습니다."

그 모든 것이 자신들의 공이라도 되는 양 공치사를 해대는 가 하면, 심지어 마치 기가스 컴퍼니의 자산이 자신들의 것이라도 되는 양 한국의 자본으로 한국의 위기를 극복하게 되었다며, 이거야말로 무능하고 부패한 이전 정부와 비교되는 현 정부의 능력이라며 자신들의 얼굴에 금칠을 해댔다.

그렇게 되자 각종 언론은 물론이고 여론마저도 기가스 컴퍼니보다는 현 정부를 찬양하기에 바빴다.

그야말로 재주는 곰이 부리고 돈은 왕 서방이 버는 격이었다.

그러나 그런 축제 분위기는 그리 오래가지 못했다.

어쩐 일인지 기가스 컴퍼니의 투자가 점차 늦어지고 있었기 때문이다.

이미 IMF를 극복하기라도 한 듯이 샴페인을 터뜨렸던 한국 내 분위기도 급속도로 식었다.

그제야 뭔가 이상한 조짐을 눈치챈 사람들이 하나둘 우려의 목소리를 내기 시작했다.

하지만 뭐니 뭐니 해도 지금 이 순간 가장 애가 타는 것은, 모든 것이 자신들이 이루어낸 눈부신 업적이라고 떠들어댔던 현 정부였다.

걱정과 우려의 목소리가 점차 비난으로 바뀌고 있는데도, 애가 타다 못해 피가 바짝바짝 마를 지경인데도 그들이 할 수 있는 건 꿀 먹은 벙어리로 일관하는 것뿐이었다.

그도 그럴 것이, 몇 번이고 기가스 컴퍼니에 연락을 취했는데도 기가스 컴퍼니에서는 묵묵부답 어떠한 답변도 주지 않았던 것이다.

그 무렵이었다.

기가스 컴퍼니의 입장이 전해진 것은.

그리고 그 내용인즉슨, 기가스 컴퍼니의 실사단이 한국의 상황을 면밀히 검토해 본 결과 투자를 하기에 몇 가지 문제점이 포착되었다는 것이었다.

첫째, 한국의 외화보유고를 유지 관리하고 책임을 지는 행정 시스템이 여전히 부실하고 또한 제대로 작동이 되지 않고 있다는 것.

둘째, 아직도 해외 쪽으로 어마어마한 액수의 국내 자금이

유출되고 있다는 것.

셋째, 뿌리 깊은 정경유착과 그로 인한 부정 대출이 여전히 빈번히 이루어지고 있으며, 심지어 기가스 컴퍼니의 투자가 결정되자 현 정치권의 인사들이 마치 조공을 바치듯이 앞다투어 자신들에게 퇴출 기업 명단을 제공하며 뒷거래를 획책하고 있다는 것. 그리고 거기에는 기가스 컴퍼니의 실사 결과 퇴출되어 마땅한 기업들이 상당수 명단에서 빠져 있는 것은 물론이고 오히려 충분히 경쟁력 있는 흑자 기업들이 상당수 포함되어 있다는 것이 그 내용이었다.

이어서 혁준의 CNN과의 인터뷰가 있었다.

"안타까운 일이지만 한국에 대한 투자는 전면적으로 무기한 보류하기로 결정을 내렸습니다."

"그런 결정을 내리게 된 이유가 무엇입니까?"

"물론 앞서 보도한 문제점들 때문입니다. 한국은 국가부도사태에 직면해 있는 지금까지도 반성도 자성도 하지 않는 것같이 보입니다. 물론 저희가 투자를 결정하면 당장의 위기는 넘길 수 있을지도 모릅니다. 하지만 그건 임시방편일 뿐입니다. 속에서부터 상처가 썩어 들어가고 있는데 썩은 부위를 잘라내지 않고 무슨 치료가 되겠습니까? 오히려 시간이 지날수록 그 상처는 더 커지고 더 깊어만 지겠죠. 이미 수 년 전에도 저희는 한국을 걱정했고 그래서 한국의 부정과 비리를 세상에 공개해 자성을 촉구했음에도 불구하고 IMF 사태를 맞은 지금까지도 아무것도 변하지 않은 한국의 모습에는 정말이지 실망을 금할 수가 없습니다. 그런만큼 현재 우리 기가스 컴퍼니는 한국에 대한 투자 결정을 무기한 보류하는 한편으로 그 가부마저도 심각하게 재고하고 있습니다. 이대로라면 밑 빠진 독에 물 붓기나 다름이 없는데, 아무리 저의 모국이라고 해도 아무 소용 없는 일에 그 막대한 자금을 퍼부을 수는 없는 노릇이 아니겠습니까?"

혁준의 인터뷰 기사는 이내 한국에까지 전해졌다.
그로 인해 한국은 또 한 번 시끄러워졌다.

*　　　*　　　*

"대체 얼마나 엉망이면 기가스 컴퍼니가 갑자기 저렇게 나오는 거야?"
"다 해결됐다며? 이제 모든 게 다 해결될 거라며? 그동안 그렇게 공치사를 해놓고 이게 뭐야? 퇴출 기업 명단으로 뒷거래를 획책했다는 건 또 뭐고? 이것들이 국민들 목숨 가지고 장난질을 쳐? 어떻게 된 게 이놈의 나라는 정권이 바뀌어도 달라지는 게 없냔 말이야!"

한국 내 여론은 기존의 약속을 무시하고 한국에 대한 투자를 재고하겠다고 한 기가스 컴퍼니에 대한 비난보다, 기가스 컴퍼니로부터 도저히 가망 없다는 판결을 받게 만든 이전 정부와 현 정부에 대한 비난이 쏟아졌다.

그런 한편으로 어떻게든 돌아선 기가스 컴퍼니의 마음을 다시 돌려세워 이 절망스러운 상황을 타개해야 한다는 절박한 목소리도 곳곳에서 터져 나왔다.

심지어 거리마다 시위 행렬이 이어질 정도였다.

기가스 컴퍼니의 변심에 가장 당혹스러워하는 것은 기가스 컴퍼니만을 믿고 모든 공을 자신들의 것인 양 떠들어대던 한국 정부였다.

이런 상황에서야 해외 투기 자본도 하나의 대안이 될 수 있는 일인데, 그것마저 자신들이 막았다고 자랑스럽게 떠들어댄 통에 거기에 대한 비난마저도 다 감당해야 하는 처지가 되어 있었던 것이다.

그야말로 벙어리 냉가슴 앓는 신세가 되어 여론의 뭇매를 맞고 있는 상황.

그러한 한국의 상황을 혁준은 느긋한 마음으로 지켜보고 있었다.

아니, 괜히 분위기에 휩쓸리면 마음이 약해질 것 같아 일부러라도 한국에 대해선 신경을 끄고 지냈다.

한국 측 정부 인사들이 매일같이 찾아와 면회를 요청했지만 철저히 무시했다.

미 국방부의 연구개발위원회 위원장인 로버트 스테인리지로부터 연락이 온 것은 그 무렵이었다.

—이번에 수직이착륙기인 헤리어에 적용한 엔진룸 아이언록 시스템 말입니다. 연산이 잘못됐는지 자꾸 작동 오류가 발생해서 말입니다. 그래서 자문을 좀 구하려고 하는데 기술위원분들과 함께 펜타곤으로 한번 와주시겠습니까?

엔진룸 아이언록 시스템은 기가스 컴퍼니에서 얼마 전에 GM과 포드사에 제공한 기술이었다. 그걸 미군의 수직이착륙기에 접목을 시켜본답시고 기술을 요청해 왔었고 적당한 가격에 팔았었다.

더러 한 번씩 있어 왔던 일이다.

혁준이 신기술을 내놓을 때마다 미 국방부는 어떻게든 그 기술을 이용해 자신들의 무기를 업그레이드시키는 데 혈안이 되어 있었고, 아무래도 앞선 기술이고 기술 체계가 기존의 것들과는 상당 부분 다르다 보니 그것을 무기에 접목시키는 데는 여러 가지로 어려운 점이 많았다.

그때마다 그들은 혁준을 찾았다.

혁준도 굳이 거부하지 않았다.

미국으로 와 여러 가지 혜택을 받는 대가로 미군의 기술 자문 역을 맡기로 한 것도 있지만, 그보다는 미국의 선진 무기 기술과 그 지식을 바보 삼형제들의 머릿속에 담을 수 있는 기회라 생각했기 때문이다.

그래서 그들의 요청이 있을 때면 그저 설명이나 단편적인 도면만으로는 오류 요인을 찾기 어렵다는 핑계로 전체 설계 도면을 요구했다.

사실 미군으로서는 자신들의 기술을 혁준에게 공개한다는 것이 부담스러운 일일 수밖에 없었다.

하지만 기가스 컴퍼니의 신기술은 그냥 포기해 버리기엔 너무 아까운 것이었다. 그래서 어쩔 수 없이 혁준의 요구에 따랐다.

대신 미군 무기에 관련된 그 어떤 것도 다른 나라에 유출하지 않겠다는 서약을 받아 최소한의 안전장치를 마련하는 것은 잊지 않았다.

혁준이 미국으로 건너온 이후로 미 국방부와는 그렇게 이어져 온 관계였다.

혁준은 로버트 스테인리지에게 일간 바보 삼형제를 데리고 펜타곤을 찾아가겠다고 하고는 전화를 끊었다.

"그러고 보니 요즘 통 녀석들을 보지 못했네."

한국 문제로 요 근래 너무 바빠서 그들에게 미처 신경 쓸 겨를이 없었다.

혁준은 모처럼 바보 삼형제의 얼굴이나 보자 싶어 그들이 있는 사바나로 향했다.

그런데 어쩐 일인지 바보 삼형제의 집에는 바보 삼형제가 없었다.

그가 그들을 지키기 위해 고용한 경호팀들조차 그들은 집 밖으로 나간 적이 없다며 당혹스러워하고 있었다.

'이놈들 설마⋯⋯.'

문득 짐작되는 바가 있었다.

그래서 갑작스럽게 분주해지는 경호팀을 일단 진정시켜 놓고 그 저택의 비밀 지하 연구실로 향했다.

그가 확인하고자 하는 것은 양자이동장치였다.

그럴 리야 없다고 생각하면서도 혹시 이 바보들이 정말로 달에라도 가버린 것이나 아닐까 걱정을 한 것이다.

다행히 달에는 가지 않은 것 같았다.

계기판의 거리가 1.5km로 되어 있었다.

순간, 양자이동장치를 이용해 그대로 따라가 볼까 하다가 이내 관뒀다.

아무래도 양자이동장치를 탔다가 과거로 와버린 경험이 있다 보니 아직은 울렁증이 남아 있었다.

혁준은 좌표와 거리를 숙지한 후 바보 삼형제의 집을 나왔다.

그리고 숙지한 좌표를 따라가 보니 오래된 건물들과 사바나 강, 그리고 깔끔한 공원이 조화를 이루고 있는 리버 스트리트였다.

거기에 있었다.

바보 삼형제들이.

망원경을 들고.

침까지 질질 흘리면서.

유난히 더워진 날씨 때문에 공원 곳곳에서 비키니 차림을 하고 있는 쭉쭉빵빵의 백인 언니들 구경에 그들은 그렇게 정신이 빠져 있었다.

어이가 없는 것은 이제 다섯 살이 된 성재마저도 거기에 끼어 있다는 것이다. 아니, 단지 끼어 있는 수준이 아니었다.

그저 망원경을 들고 있는 두 녀석들에 비해 이 어린 색골은 자기 몸만큼이나 큰 망원 카메라를 들고 아예 본격적으로 촬영을 해대고 있었다.

"니들 지금… 뭐하냐?"

혁준은 울컥울컥 치미는 화를 겨우 눌러 참으며 그렇게 물었다.

한창 여체 감상에 여념이 없던 바보 삼형제가 그제야 혁준을 발견하고는 어리둥절해한다.

"쭌이 형님이 여긴 어떻게……?"

"여기서 지금 뭐하냐니까."

"아, 그게요, 쭌이 형님. 미국은 정말 좋은 나라인 것 같아요."

"맞아요. 우리 미국 오길 정말 잘했어요."

"이 헐벗은 세상을 보세요. 여기가 바로 지상낙원인 거겠죠? 그쵸, 쭌이 형님?"

게슴츠레한 눈을 하고는 연신 히죽히죽거리는 바보 삼형제다.

마음 같아서는 그 히죽거리는 면상에 주먹이라도 먹여 버리고 싶다.

"지상낙원 같은 소리하고 있네. 내가 어딜 나가면 경호원들이랑 꼭 같이 붙어 다니라 했지? 양자이동장치까지 써가면서 경호원들은 왜 따돌린 거야?"

"그거야 이런 곳에 경호원들을 어떻게 달고 다녀요? 괜히 사람들 이목만 끌게 될 텐데."

"지금 니들 모습만으로도 충분히 이목을 끌고 있거든? 니들 이러는 거 범죄인 건 아냐? 거기다 도찰까지……."

"괜찮아요. 전 이제 5살이잖아요. 처벌 안 받아요. 킥킥."

뭔가 대단한 벼슬이라도 된다는 양 득의양양하게 웃는 성재와 그런 성재를 부러움 가득한 눈으로 보는 진석과 용운이다.

성재가 말을 시작한 건 작년부터였다.

이젠 남부끄럽지 않을 만큼 발음이 또렷해진 것이다.

역시 바보 삼형제 중 가장 요주의 인물은 성재다.

모든 여성들로부터 무장해제가 가능한 다섯 살이란 나이, 그 대단한 무기로 앞으로 대체 어떤 몹쓸 짓을 할지 모르는 것이다.

아무튼 그런 바보 삼형제를 보고 있자니 골치가 다 지끈거려 온다.

"됐고, 준비들 해. 곧 펜타곤으로 가봐야 돼."

"펜타곤이요?"

순간, 바보 삼형제들이 눈을 반짝였다.

"가요!"

"가요! 가요!"

"지금 가요?"

조급증까지 내며 안달을 한다.

처음에는 귀찮아만 하던 그들이었다. 일의 성격상 한번 시작을 하면 해결이 될 때까지는 국방부 연구소에서 거의 감금에 가까운 생활을 해야 하기 때문에 펜타곤이란 단어만 들어도 진저리를 치던 그들이었다.

그런데 그렇게 몇 번 미국의 무기를 접하고 나자, 아무래도 그들이 접해본 영역이 아니라서인지, 아니면 무기라는 것이 역시 남자들의 로망이라서인지 새로운 분야에 대한 특유의 오타쿠적인 기질을 보이기 시작했다.

그때부터는 펜타곤 얘기만 나오면 이렇듯 눈을 초롱초롱 빛내며 안달을 내는 그들이었다.

"곧 헬기를 보내준다고 했으니까 일단 집으로 가서 기다려 봐야지. 아무튼 시간 없으니까 빨리들 준비해."

그렇게 말하며 바보 삼형제들을 그들의 집으로 데리고 가려고 할 때였다.

갑자기 경찰차 한 대가 달려오더니 그들의 앞을 막아선다.

그러고는 경찰차에서 흑인 경찰이 두 명 내리더니 진석과 용운의 손목에 철컥 수갑을 채운다.

"무슨 일입니까?"

"사생활 침해 혐의로 신고가 들어왔습니다."

아니나 다를까, 결국 올 것이 오고야 만 것이다.

더구나 그들의 죄는 단지 그것만이 아니었다.

"그리고⋯⋯."

잠시 말끝을 흐린 뚱뚱한 흑인 경찰이 성재에게서 망원 카메라를 뺏어 들었다.

"아무것도 모르는 어린아이에게 이런 거나 찍게 하는 거⋯ 이건 명백한 아동 학대입니다. 미국에서 아동 학대죄는 중범죄라는 거, 알고 계십니까? 더구나 이런 죄질이면⋯⋯."

"무, 무슨… 성재는 아무것도 모르는 어린애가 아니에요!"

"맞아요! 성재도 알 건 다 안다고요! 여기에 구경 오자고 한 것도 성재가 먼저 얘기를 꺼낸 거란 말이에요! 아동 학대는 절대로 아니라고요! 성재야! 뭐라고 말 좀 해봐!"

하지만 성재는 아무것도 모르는 순진무구한 눈망울을 하고 있을 뿐이다.

"이… 의리 없는 놈!"

"배신자!"

"매국노!"

"쪽바리!"

"짱깨!"

"치사빤쓰!"

진석과 용운이 발광을 해대자 어린 성재에게 위협이라도 가하는 거라 판단했는지 지금까지 차분히 그들을 대하던 흑인 경찰들이 진석과 용운의 팔을 거칠게 잡아채서는 과격하게 경찰차 안으로 밀어 넣었다.

그제야 사태의 심각성을 보다 절실하게 깨달은 진석과 용운이 울상이 되어서는 혁준을 본다.

"쭌이 형님……."

"…살려주세요."

그런 그들을 보자니 혁준은 한숨만 나올 뿐이었다.

마음 같아서는 이참에 된통 혼쭐이 나게 해서 정신 좀 차리게 하고 싶었다.

하지만 그래도 기가스 컴퍼니의 귀중한 자산을 감방에서 썩게 할 수는 없는 노릇이었다.

혁준은 국방부 연구개발위원회 위원장인 로버트 스테인리지에게 전화를 걸었다.

―미스터 권, 무슨 일이십니까? 벌써 준비가 되셨습니까?

"그게 아니라, 좀 처리해 주셨으면 하는 일이 있어서요. 아니면 오늘 약속은 취소해야 할 것 같아서 말입니다.

―대체 무슨 일인데 그러십니까?

전화를 걸긴 했지만 막상 이 상황을 설명을 하려니 좀처럼 입이 떨어지지 않는다.

괜히 자신이 죄를 지은 것마냥 낯이 뜨거워지기까지 했다.

다행인 것은 로버트 스테인리지가 바보 삼형제가 어떤 녀석들인지 어느 정도는 알고 있는 사람이라 그나마 말을 하기가 편한 상대라는 것이다.

혁준이 상황을 이야기 하자 로버트 스테인리지도 어이가 없었는지 잠시 정적이 생겼다.

그러나 그것도 잠시,

―하하하하! 그런 일이 있었군요. 아무튼 그분들도 참…….

유쾌하게 웃는다.

그 유쾌한 웃음에 혁준은 그저 한숨만 내쉴 뿐이다.

조치는 즉각적으로 취해졌다.

―알겠습니다. 제가 그쪽 서장에게 바로 연락을 넣어두겠습니다.

덕분에 경찰서에서 극진한 대접을 받은 그들이다.

어쨌거나 그렇게 바보 삼형제를 빼낸 혁준은 아무래도 도움을 받은 게 있다 보니 더는 미적거리지 못하고 바보 삼형제와 함께 곧바로 펜타곤으로 향했다.

미국 연구진들이 몇 달 동안이나 해결을 못 해서 헤매던 문제를 단 삼 일 만에 간단히 해결을 해버린 바보 삼형제였다.

처음 이런 요청을 받았을 때만 해도 이래저래 시행착오도 겪고 하면서 고생을 하던 그들이었는데, 지금은 성재와 절교를 하네 마네하며 아웅다웅하는 중에도 일사천리로 문제점들을 해결해 가는 것을 보면 이젠 무기에 대해서도 확실히 노하우가 쌓인 모양이었다.

어쨌든 그 덕분에 펜타곤에서의 일도 무사히 마쳤다.

그렇게 펜타곤에서 돌아오니 한국의 재정경제부 장관이 기다리고 있었다.

'재정경제부 장관이면 이번에 새로 뽑힌 그 젊은 장관인가?'

잠시 고민하던 혁준은,

'하긴, 이 정도 애를 태웠으면 앞으로 어떻게 처신해야 하는지 정도는 잘 알았겠지.'

이젠 때가 되었다고 판단하고는 한국의 재정경제부 장관을 만났다.

*　　　*　　　*

"재정경제부의 윤태웅입니다."

이제 40이나 되었을까 싶은 젊은 사람이 그렇게 자신을 소개했다.

'TV로 보던 것보다 훨씬 더 크네.'

못해도 185는 넘어 보였다.

아무리 한국 소식에는 귀를 닫고 있었다고 해도 이 사내가 누구란 것 정도는 알고 있었다.

기가스 컴퍼니의 투자 재고 소식이 알려지고 현 정부에 대한 성토의 목소리가 높아지자 가장 먼저 책임을 물어 경질을 한 것이 이성규 재정경제부 장관이었다.

그리고 그를 대신해 전격적으로 발탁된 것이 윤태웅이라는 이 눈앞의 사내였다.

그야말로 파격 인사였다.

41살의 젊은 나이에 지방대 출신.

고등학교 때 사고로 조실부모하고 혼자서 어린 동생을 키웠다.

법이나 정치 관련 학과도 아니다.

동생을 키우기 위해 사범대를 나와 교직 생활부터 시작했다.

그럼에도 이런 파격 인사의 주인공이 될 수 있었던 것은 그의 남다른 행보 때문이었다.

3년간의 교직 생활 후 IT 사업에 뛰어들어 연이어 히트 상품을 터뜨렸다.

한때 젊은 주식 부자 순위 3위에까지 오를 정도로 승승장구하던 그는 어느 날 모교의 교수직을 수락함과 동시에 가진 모든 주식을 사회에 기부해 버렸다.

당시의 가치로 환산하면 무려 1,500억 상당.

그 일이 화제가 되어 어려운 시기 전 국민적인 영웅이 되었음은 말할 것도 없다.

그런 그를 현 정부에서 들끓는 국민 여론을 잠재울 가장 최적의 얼굴마담으로 선택한 것이었다. 그리고 확실히 그가 재정경제부 장관을 맡으면서 들끓던 여론이 조금 진정이 되기도 했다.

뉴스에서 이 사내에 대한 소식을 접했을 때만 해도 상당한 야심가가 아닐까 생각했다.

주식을 사회에 기부한 것도 다 지금의 정치적 야욕을 이루기 위한 스펙 만들기였고, 자신의 정치적 야욕을 채우기 위해서라면 그 어마어마한 재산도 미련 없이 버릴 수 있을 만큼 음흉하고 무서운 사람이 아닐까 그렇게 생각했었다.

그런데 막상 이렇게 얼굴을 마주하고 보니 그 생각에 조금 수정을 하게 된다.

크고 단단한 체구에서 풍겨 나오는 당당함에 혁준을 마주해 오는 큰 눈은 곧고 바르다.

인사말을 건네 오는 그 말투에도 정치인답지 않은 솔직함과 당당함이 같이 묻어 나온다.

게다가 잘생겼다.

축복받은 기력지에 축복받은 얼굴… 이상한 것은 혁준이 개인적으로 상당히 싫어라 하는 타입인데도 불구하고 그다지 거부감이 들지 않는다는 것이다.

'확실히 지금까지 내가 보아온 정치인들과는 다른 타입이긴 한데…….'

그 사이 서로 간에 간단한 인사말이 오가고, 윤태웅이 말했다.

"제가 이렇게 권 대표님을 찾아온 것은 권 대표님의 뜻을 정확히 알고자 함입니다."

"제 뜻이라 하면 어떤 것을 말씀하시는지?"

"한국에 대한 투자를 재고하신다는 말씀 말입니다. 그게 정말 진심인지, 아니면 단지 보다 유리한 상황에서 보다 유리한 조건을 끌어내기 위한 제스처인지 그걸 확실하게 알아야 한국도 다음을 대비할 수 있을 테니까 말입니다."

윤태웅의 말은 무례할 만큼 정곡을 푹 찔러오는 것이었다.

아니, 오히려 추궁에 가까운 질문이었다.

'역시 달라.'

한국 정부에서 자신에게 사람을 보내올 거라고는 이미 짐작하고 있는 일이었다.

국무총리나 재정경제부 장관, 적어도 차관급의 인사 정도는 올 거라 그도 짐작하고 있었다. 아니, 실제로 장차관급의 인사들이 뻔질나게 기가스 컴퍼니의 문을 두드렸었다.

하지만 그들이 와서 한 일이라고는 그저 고개를 숙이거나 사정을 하거나 애국심에 호소하는 정도에 지나지 않았다. 물론 그조차도 혁준은 만나지도 못한 채 비서를 통해 전달한 것이지만 말이다.

그런데, 이 눈앞의 젊은 장관은 달랐다.

원활한 협상을 위해서라도 서로 간에 건드리지 말아야 할 부분임에도 불구하고 대놓고 정곡을 찔러온다.

불쾌하진 않았다.

오히려 빙빙 돌려가며 눈치나 살피고 거짓 웃음이나 흘리는 것보다는 이런 스타일이 혁준은 더 좋았다.

"그래서… 장관님 생각은 어떻습니까?"

"유리한 조건을 끌어내기 위한 제스처라고 생각합니다."

"유리한 조건이라면요?"

"권 대표님의 그 속마음까지야 제가 어떻게 알겠습니까? 다만, 권 대표님이 한국을 떠난 과정이나 이전 국무총리의 요청을 거절했던 일로 미루어봤을 때, 권 대표님이 애국심으로 움직이실 분은 아니라는 것 정도는 알고 있습니다. 그럼에도 막대한 손해를 감수하면서까지 해외투기 자본을 막고 한국 투자를 결정한 것을 보면, 그리고 이렇게 번거롭게 일련의 과정들을 밟아가는 것을 보면 그만큼 권 대표님이 내걸 조건이란 것이 한국으로서는 감당하기 벅찬 것이 아닐까 짐작만 할 뿐이죠."

듣던 대로 똑똑하고 현명하다.

일전에 왔던 국무총리란 자에 비하면 정말이지 한국 정부로서는 드물게도 좋은 인사를 단행했다는 느낌이다.

혁준은 기분 좋게 웃으며 물었다.

"만일 윤 장관님 말씀대로 제가 내놓는 조건이 한국이 감당하기에는 벅찬 것이라면 한국은 어떻게 할 생각입니까?"

"아시다시피 지금 한국 정부는 찬밥 더운밥 가릴 처지가 아닙니다."

"그래서 모든 조건을 수용하겠다?"

"현실적으로 가능한 것이라면요. 물론 가능하지도 않을 일을 요구하지는 않을 거라 생각합니다만⋯⋯."

"그전에 먼저 하나만 묻죠. 윤 장관님이 여기에 오신 건 한국 정부를 대표해서입니까? 아니면 그저 재정경제부의 수장으로서 그 업무의 일환으로 오신 겁니까?"

조금은 난해한 질문이었지만 그 뜻을 바로 알아차리고는 되묻는다.

"제가 권 대표님께 어디까지 보장을 해줄 수 있느냐, 그 권한을 물으시는 겁니까?"

"예."

"제가 재정경제부 장관 자리를 수락하는 조건으로 대통령께 딱 하나 내건 조건이 있습니다."

"⋯⋯?"

"권 대표님과의 협상에 관해서 만큼은 모든 결정권을 저한테 일임해 달라는 것이었습니다."

"왜죠?"

"이 일이 한국의 미래와 직결되는 한국의 터닝 포인트라 생각했기 때문입니다. 이대로 맥없이 고사할 수도 있고 제2의 도약을 이룰 수도 있는 터닝 포인트. 그런 만큼 과거의 미망에 사로잡혀 고루하고 틀에 박힌 생각밖에 못 하는 기존의 정치인들에게는 이 중요한 순간을 맡겨둘 수가 없었습니다. 그러기에는 저 또한 국민들과 마찬가지로 한국의 정치인들에게 너무 많은 실망을 했으니까요."

"그러니까 윤 장관님은 저와의 협상에 열린 자세로 임하겠다는 말씀입니까?"

"적어도 놓아야 될 걸 움켜쥐는 그런 어리석은 실수는 범하지 않을 자신이 있습니다."

윤태웅의 호기로운 말에 혁준이 흡족한 표정을 했다.

보이는 것처럼 올곧은 정치가인지, 아니면 그 안에 더 큰 음흉한 마음을 품고 있는 야심가인지는 모르지만 적어도 당장의 작은 이득을 위해 거짓으로 사람을 기만할 얄팍한 모략가로는 보이지 않았다.

잠시 그렇게 윤태웅을 보던 혁준이 이내 자리에서 일어나서 자신의 책상으로 향했다.

그리고 책상 서랍에서 몇 개의 서류를 꺼내어 그중 하나를 윤태웅에게 내밀었다.

"저희 기가스 컴퍼니의 거대 자금이 들어가기에는 지금 한국의 법제도상으로는 세법이나 토지공개념 등 아직 불편한 부분이 너무 많습니다. 절차도 불필요하게 복잡하기도 하고. 그래서 그에 필요한 몇 가지 법 개정안을 간추려 보았습니다."

혁준이 내민 서류를 열어 그 안의 내용을 하나하나 확인해

가는 윤태웅의 얼굴은 시간이 지날수록 점점 어두워지고 있었다.

일단 너무 많았다.

혁준은 몇 가지라고 했지만 세부적인 것까지 다 하자면 고쳐야 할 관련법이 수백 개나 되었다. 더구나 그중에는 혁준이 왜 이런 것까지 요구하나 싶을 정도로 이해하기 힘든 법도 있었다.

그러거나 말거나 윤태웅이 첫 번째 서류를 다 읽었을 때쯤 혁준이 두 번째 서류를 그 앞에 내밀었다.

"이건 저희 실사단이 자체 조사한 결과 우선적으로 퇴출되어야 할 퇴출 기업의 명단을 뽑아놓은 겁니다."

이번에도 그 서류를 받아 읽어 내려가는 윤태웅의 얼굴은 점점 어두워졌다. 아니, 어두워지다 못해 끝내는 얼굴을 심하게 일그러뜨리기까지 했다.

"이건… 너무 많습니다."

"그렇습니까?"

"현재 한국 정부가 추가적으로 예정해 놓은 퇴출 기업이 80곳 정도입니다. 그런데 여기에 적힌 것은 그 세 배가 넘지 않습니까?"

"숫자가 중요한 것은 아닐 텐데요? 첨부해 놓은 자료를 보셔서 아시겠지만 거기 명단에 적힌 기업들은 전부 퇴출되어

마땅한 기업들입니다. 그대로 내버려 두면 한국 경제만 좀먹을 뿐입니다. 그렇게 한국 경제를 좀먹는 것들을 그대로 두고는 투자의 의미가 없다는 것이 저희 측의 판단입니다."

"하지만 아무리 그래도……."

"아까 말씀하시지 않으셨습니까? 놓아야 될 걸 움켜쥐는 어리석은 실수는 하지 않을 거라고."

"그래도 말입니다, 여기 명단에 있는 기업을 모두 퇴출하면 관련 하청 업체들까지 모두 연쇄 부도를 맞을 텐데… 그럼 어림잡아 계산해도 300만 명 이상의 실업자가 양산될 겁니다. 300만 명이 직장을 잃게 되는 일인데 그게 어떻게 놓아야 될 일이란 말입니까?"

목소리는 높지 않았지만 혁준을 보는 눈빛은 이미 그 자체로 격렬한 반발을 보이고 있었다.

가뜩이나 큰 눈을 부릅뜨자 그 부리부리한 눈은 산도적의 그것처럼 보이기도 하고 호랑이의 눈처럼 보이기도 했다.

이 정도 반응이야 이미 예상했던 일이었다.

이 정도도 반발하지 않고 그의 조건을 무조건 수락했다면 오히려 이 윤태웅이란 사내에게 상당히 실망을 했을 것이다. 더불어 그 말에 신뢰도 하지 못했을 것이다.

격하게 반응하는 윤태웅과는 달리 시종일관 느긋한 태도의 혁준이 그 앞에 마지막 서류를 내밀며 웃는 얼굴로 말했다.

"거기에 실업자들에 대한 대처 방안도 적혀 있습니다. 그 외에도 저희가 원하는 여러 가지 종합적인 사항들을 정리해 놓았으니 일단 한번 쭉 읽어보세요. 자세한 이야기는 그 후에 하기로 하죠."

혁준이 내민 마지막 서류는 지금까지보다도 훨씬 더 두터웠다.

고전소설 한 권 분량은 될 듯한 두께였다.

그것을 받아 드는 윤태웅의 표정은 떨떠름할 수밖에 없었다.

실업자들에 대한 대처 방안이 있다고는 했지만 무려 300만 명에 달하는 실업자들을 무슨 수로 구제한단 말인가? 기껏해야 극히 일부분에 대한 구직 알선이나 취업 워크숍 같은 걸로 생색이나 내려 할 게 뻔했다.

하지만 그 같은 생각은 그 두툼한 서류가 한 장 한 장 넘어가면서 급속도로 변했다.

서류를 넘기는 손이 분주해졌다.

눈은 커지고 연신 마른침을 삼킨다.

그런데도 물 한 모금 마실 시간조차도 아깝다는 듯 서류를 읽어가는 눈은 쉼 없이 바쁘게 움직였고 손은 기계적으로 서류를 넘기고 있었다.

그렇게 앉은 자리에서 한 시간 반 동안을 꼼짝도 하지 않고 서류를 읽은 끝에 드디어 마지막 장까지 넘긴 윤태웅은 그것으로도 만족을 못 하겠는지 앞서 받은 법 개정 서류와 퇴출 기업 명단을 다시 한 번 훑었다.

그마저 끝낸 윤태웅의 눈은 놀람과 충격, 그리고 어떤 흥분과 불신으로 혼잡해져 있었다.

생색내기가 아니었다.

구직 알선이나 취업 워크숍 따위도 아니었다.

혁준이 준 세 가지의 서류에는 그가 생각했던 것과는 비교도 안 되는, 훨씬 더 큰 그림이 그 안에 그려져 있었다.

윤태웅이 혁준을 보았다.

그리고 떨리는 목소리로 물었다.

"한국에… 왕국이라도 건설할 생각이십니까?"

제42장
한국인이 되어주십시오

 뭔가 노림수가 있는 줄은 짐작하고 있었다.

 세계 경제계의 큰손들의 비위를 거스르면서까지 한국을 궁지로 몰았을 때, 혁준이 상당히 무리한 요구를 해올 거란 것도 예상하고 있었다.

 하지만 그 서류에 담겨 있는 혁준의 욕심은 상상했던 그 이상의 것이었다.

 "이런 일을 한국 정부에서 용인할 거라 생각하십니까?"

 대통령으로부터 전권을 부여받은 그였고 혁준이 요구해 오는 것이라면 모든 것을 다 수용할 각오도 하고 있었지만 이건 도무지 자신의 선에서 결정을 할 수 있는 정도의 것이 아니었다.

"글쎄요. 한국에서 용인을 할지 안 할지는 제가 뭐라 할 사안은 아닙니다. 저는 그저 제 입장을 전했을 뿐입니다. 분명히 말씀을 드리지만, 협상은 없습니다. 거기에 적힌 사안들 중에 단 하나라도 실행되지 않을 경우 기가스 컴퍼니는 그 즉시 한국에서 손을 뗄 겁니다. 다시 말해 투자는 없을 거라 이 말씀입니다."

혁준의 말은 명백한 협박이었다.

그러나 윤태웅은 그 협박에 아무런 반박도 할 수 없었다.

그건 혁준의 협박이 무서워서이기도 했지만 혁준이 요구한 것들이 과연 한국에 어떤 영향을 미칠지 당장 계산이 서지 않았기 때문이다.

'어쩌면 한국에게도 기회일지 모른다.'

아니, 이대로 이루어만 진다면 사회적 파장이야 엄청나겠지만 분명 한국은 새로운 미래로 도약을 하게 될 것이다.

다만 그 고리타분한 노인네들이 새로운 시대로의 변화를 과연 순순히 받아들이려 할지 그게 문제였다.

결국 윤태웅은 아무런 확답도 하지 못한 채 한국 정부에 혁준의 뜻을 전하겠다는 말만 남기고 다시 한국으로 돌아갔다.

그 후 혁준은 한국 정부의 분주해진 움직임을 차유경으로
부터 전해 들을 수 있었다.

"한국 정부 측에선 우리의 제안이 어지간히도 싫은 모양이
에요. 주변국들에게 도움을 청하러 다니느라 정신이 없네요.
IMF 측에 추가 지원도 요청하고, 몇몇 세계 유수의 기업들을
돌아다니며 직접 투자 유치를 권하기도 했다네요."

그만큼 혁준이 요구한 조건이 그들로서는 부담이 되었다
는 뜻이다. 그래서 어떻게든 다른 방법을 찾아보고자 발버둥
을 치고 있는 것이다.

그러나 그렇게 발버둥을 치면 칠수록 상황은 점점 나빠만
졌다.

주변국들은 냉정히 등을 돌렸고 IMF 측 역시 추가 지원은
커녕 한국의 회생 가능성에 심각한 회의감을 드러내며 오히
려 기존에 약속했던 원조마저도 재고해 봐야 할 것 같다는 대
답만 내놓았다.

당연히 혁준의 눈치를 봐야만 하는 기업들이야 더 말할 것
도 없다.

그로 인해 한국에 들어오는 해외 자본이란 것은 그야말로
눈치 없는 소액 자본들뿐이었다. 그런 소액 자본들로는 작금
의 한국이 처한 위기 상황에 눈곱만큼도 도움이 되지 않았다.

그로부터 얼마 지나지 않아서였다.

지금까지와는 사뭇 다른 기사들이 터져 나오기 시작했다.

[정부, 특별대책반 가동]

[정부, 기가스 컴퍼니와 긴밀 회동에 나서다]

[특별대책반이 내놓은 경제 개혁 계획안에 기가스 컴퍼니 긍정적 반응]

[정부, 기가스 컴퍼니 600억 불 투자 확신]

[기가스 컴퍼니와 손잡은 정부, 한국 경제 질서 개편 선언]

윤태웅이 돌아간 이후로 한국 정부에선 전화 한 통 없었는데도 그 같은 기사들이 쏟아져 나왔다.

하지만 기분이 나쁘지는 않았다.

기분 나빠할 일이 아니었다.

그건 혁준의 요구를 수락하겠다는, 버티다 못한 한국 정부의 항복 선언이었으니까.

아니나 다를까, 그로부터 며칠 후 한국에서 연락이 왔다.

한국으로 들어와 주십사 하는 부탁의 전화였다.

혁준은 혼쾌히 그 부탁에 응하고는 그날로 바로 한국으로 날아갔다.

*   *   *

"이거 좀… 민망한데?"

비행기에서 내린 혁준은 눈앞에 펼쳐진 환영 인파에 적잖이 당황했다.

한국 정부에서 어느 정도 준비는 했을 거라 생각은 했지만 이건 생각했던 것 이상이었다.

그야말로 인산인해였다.

몰려든 기자단만 수백 명은 될 듯했고 수만 명이나 되는 환영 인파가 손에 '권혁준 대표님을 환영합니다' 라든지, '당신은 자랑스러운 한국인입니다' 라든지, '한국을 구해주세요' 라든지 하는 환영 피켓을 들고 온 도로를 가득 메우고 있었다.

더욱 의외인 것은 그 환영 인파 속에 꽤 많은 비중을 차지하고 있는 것이 소녀들이라는 것이다.

혁준은 그 소녀들이 들고 있는 피켓을 확인하고는 저도 모르게 웃음을 터뜨리고 말았다.

혁준 오빠 사랑해요♡

오빠! WELCOME ♡ HOME!

정우성보다 권혁준!

피켓뿐만이 아니었다.
"오빠 멋있어요!"
"실물이 더 잘생겼어요!"
"오빠! 오빠 너무 섹시해요!"
이건 정말 아이돌 스타라도 된 것 같은 기분이었다.
하긴, 이제 24살의 젊은 나이였다.
어딜 가서 못생겼다는 평은 듣지 않는 외모에 전 세계를 호령하고 있는 자수성가한 기업인, 거기다 언론에서도 없는 미담까지 만들어내서 앞다투어 영웅화시키기에 여념이 없는 상황이었다.
어린 소녀들의 눈에 그런 혁준이 백마 탄 왕자처럼 보이는 것도 당연한 일이었다.
어쨌거나 기분은 좋았다.
뭔가 지금까지는 느껴보지 못한 어떤 유쾌함이 자꾸만 웃음이 나게 만든다.

'나 혹시 스타 체질?'

대중의 사랑을 받는다는 게 이렇게 기분 좋은 일인 줄 알았다면 연예인 같은 거라도 해볼 걸 그랬다.

'아니, 이제라도 한번 도전해 봐?'

스마트폰이 있으니 미래의 명곡들 몇 곡 표절해서 싱어 송라이터라는 포장만 좀 그럴듯하게 하면 까짓 가요계를 접수하는 것쯤이야 일도 아니지 않을까?

하지만 그런 유치한 상상은 오래가지 못했다.

혁준의 눈에 마중 나온 한국 정부의 인사들이 들어온 때문이었다.

대충 어림잡아 보아도 서른 명은 족히 넘어 보였다.

그리고 거기에는 윤태웅도 있었다.

혁준은 한가롭게 펼쳐 놓은 상상의 나래는 접고 그들에게로 다가갔다. 그리고 한 명 한 명에게 악수를 건넸다.

"기가스 컴퍼니의 대표 권혁준입니다."

혁준이 악수를 건네자 한국 정부 측 인사들이 마치 대통령이라도 알현하듯이 깍듯이 허리를 숙이며 두 손으로 혁준의 손을 잡는다.

"산업자원부의 이길태입니다."

"과학기술부의 섬석춘입니다."

"건설교통부의 김천입니다."

거기에 행정자치부 인사국, 비상기획위원회, 외교통상부, 거기에 법무부까지⋯ 그들은 모두 한국 행정부처의 수장이나 차관급 이상의 인사와 그 부하 직원들이었다.

"이렇게 많은 분들이 나와 계실 줄은 미처 몰랐습니다."

혁준의 말에 윤태웅이 대답했다.

"아무래도 워낙에 큰일이다 보니 관련 부처 실무진들의 의견이 필요할 테니까요."

"아무리 그래도 그렇지, 실무에 관한 거라면 이렇게 번거롭게 마중들 나오실 필요 없이 그냥 회의실에서 만나면 될 일인데⋯⋯."

"우리 정부에서 이번 기가스 컴퍼니와의 협상에 얼마나 진정성을 갖고 임하는지 국민들에게 보여줄 필요가 있으니까요."

결국, 이 또한 정치 쇼라는 것이다.

하긴, 아직도 정부 불신이 만연해 있는 한국이었다.

이런 쇼라도 해서 국민들의 불안한 마음을 진정시켜 줄 필요가 있었다. 게다가 이렇게 해놓아야 혹시라도 협상이 틀어졌을 경우 '최선을 다했지만⋯⋯'이라는 변명이라도 할 수가 있는 것이다.

"그럼 가시죠."

혁준이 윤태웅을 따라 차에 올랐다.

재정경제부로 갈 거라고 했다.

혁준은 굳이 기다릴 필요를 느끼지 못하고 물었다.

"그래서… 한국 정부의 생각은 무엇입니까? 제가 제시한 모든 조건을 수용할 뜻이 있는 겁니까?"

혁준의 질문에 윤태웅 또한 시간 끌지 않고 바로 대답했다.

"권 대표님께서 그러셨지 않습니까? 단 하나라도 실행이 되지 않는다면 투자는 없을 거라고. 현재 한국으로서는 기댈 곳이 기가스 컴퍼니뿐입니다. 그 모든 조건을 수용할 뜻이 없 었다면 이렇게 권 대표님을 초청하지도 않았겠죠. 다 만……"

"다만?"

"그전에 딱 하나 전제 조건이 있습니다."

"전제 조건이라면요?"

"아시다시피 권 대표님의 요구 사항들은 한국 정부로서는 상당히 부담이 되는 것이 사실입니다. 무엇보다 국민들을 납 득시킬 만한 명분이 부족합니다. 그래서……"

"……?"

"한국인이 되어주십시오."

"예……?"

"미국 시민권을 포기하라는 것이 아닙니다. 이중국적이라도 좋습니다. 특별법이든 예외 규정이든 간에 권 대표님께는 조금의 피해도 가지 않도록 관련 법 개정은 저희 측에서 다 알아서 하겠습니다. 그러니 권 대표님은 한국 국적만 다시 취득해 주십시오. 그러는 편이 한국 정부로서도 명분이 서고, 또 권 대표님께서 앞으로 한국에서 일을 추진하시는 데도 여러 가지로 도움이 되지 않겠습니까?'

윤태웅의, 아니, 한국 정부의 난데없는 제안에 혁준이 눈살을 찌푸렸다.

'이중국적이라고?'

터무니없다.

"설마 저더러 저 스스로 제 손발에 족쇄를 채우라 이 말씀입니까?"

국적이란 게 그렇다.

어떤 사람에겐 든든한 울타리가 되지만 든든한 울타리가 더 이상 필요하지 않는 사람에게는 족쇄가 되고 감옥이 된다.

혁준의 그 같은 반응에 윤태웅이 급히 손을 내저었다.

"오해는 마십시오. 어디까지나 형식상일 뿐입니다. 그 어떤 제재도 없을 것이고 그 어떤 법적인 효력도 없을 것입니다. 원하신다면 관련 모든 조항을 권 대표님께서 직접 수정하실 수 있도록 하겠습니다. 어차피 권 대표님께서 제안하신 사항들이 모두 처리가 되면 국내법으로는 권 대표님을 제재할 방법도 없지 않습니까?"

하긴 그렇긴 하다.

그가 요구한 법 개정안의 가장 핵심은 초국가적이고 초법적인 새로운 질서의 확립이었다.

그런 만큼 그것이 그대로 이루어진다면 굳이 미국을 등에 업지 않고서도 한국 안에서 자유로울 수가 있었다.

"앞서도 말씀드렸다시피 어디까지나 명분을 위한 것입니다. 그 명분이란 한국 정부만이 아니라 권 대표님께도 분명 요긴하게 쓰일 테구요. 이번 일을 진행하는 데 있어 '외국인'이라는 타이틀은 권 대표님께도 부담이 되는 것은 사실이지 않습니까? 게다가 만일 차후에라도 문제가 발생한다면 그땐 다시 한국 국적을 포기해·버리면 되는 일이구요."

윤태웅의 말은 확실히 설득력이 있었다.

원래부터가 신뢰를 주는 호감형의 얼굴인 데다 하는 말까지 조리에 맞고 힘이 있으니 절로 귀가 솔깃해진다.

'당장 선거판에 뛰어들어도 한몫 크게 하겠네.'

이런 인물이 왜 이제야 정치판에 발을 들였는지 모르겠다.

하지만, 관심 없다.

"만일 제가 그 제안을 거절한다면요? 그럼 이번 협상을 엎기라도 할 겁니까?"

"그럴 리가요. 아시지 않습니까? 한국 정부로서는 다른 대안이 없다는 걸."

"그럼 단어부터 선택을 잘못하신 거죠. 전제 조건이 아니라 부탁이라 했어야 하지 않습니까?"

혁준의 추궁에 윤태웅이 곤혹스러운 표정을 지었다.

혁준의 말대로였다.

전제 조건이라는 강압적인 단어는 잘못된 선택이었다.

잘못된 것이란 것도 이미 알고 있었다.

그럼에도 굳이 그가 그 단어를 사용한 것은 그것이 한국 정부의 뜻이었기 때문이다.

한 줌 가치도 되지 않는 자존심을 지키려는 것이다.

그 한 줌 자존심을 지킨다고 이 굴욕 외교가 감추어지는 것도 아닌데도, 아무 가치도 없는 단어 하나에 그렇게 목을 매고 있는 것이 이 나라 정치의 현실인 것이다.

혁준은 더 추궁하지 않았다.

윤태웅의 표정에서 듣지 않아도 이미 전후 사정을 충분히 알 수 있었다.

아직도 한 줌 자존심이나 챙기려 드는 한국 정부가 한심스럽기도 하고 가소롭기도 했다.

"이중국적 같은 건 관심 없습니다. 안 들은 걸로 하죠."

그렇게 일언지하에 거절하고는 그대로 입을 닫고 눈을 감았다.

그런 혁준을 보는 윤태웅은 마음이 답답할 수밖에 없었다.

혁준이 한국 국적을 취득하는 문제는 단지 명분으로서의 가치만 있는 것이 아니었다.

어디까지나 형식적인 것일 뿐이라고 해도, 그래서 눈에 보이는 가시적인 이득은 아무것도 얻을 수 없다고 해도 기가스 컴퍼니의 대표가 한국 국적이라는 것은 그 하나만으로도 국제사회에서 큰 경쟁력을 얻게 되는 것이었다.

그만큼 중요하게 다뤄야 할 사안이었다.

그만큼 혁준의 비위를 어떻게든 맞춰줘야 할 입장이었다.

그럼에도 불구하고 이 근시안적이고 꽉 막힌 노인네들은 끝내 '전제 조건'이라는 문구를 붙여 마치 동냥 바구니에 동전 던져 주듯 한국 국적을 툭 던져 댄 것이다.

그 바람에 혁준의 비위만 거슬려 놓았다.

'도움은 주지 못할망정 발목이나 잡아대고 있으니……'

정말이지 한국을 좀먹는 기생충들이나 다를 바가 없다.

하지만 그렇다고 해도 이대로 포기할 수는 없는 일이었다.

이대로 포기해 버리기에는 혁준의 한국 국적 재취득의 의미는 그렇게 간단한 것이 아니니까.

제43장

세상에 믿을 나라가
어디 있다고

한국 국적 재취득 문제로 혁준이 불편한 심기를 드러내자 차 안의 분위기는 급격히 식었다.

안타까웠지만 지금으로서는 윤태웅도 혁준을 설득하는 일을 뒤로 미룰 수밖에 없었다.

'하긴, 한국의 향후 백 년의 미래가 걸린 일인데 조급히 서둘러서 될 일이 아니지.'

지금 가장 중요한 것은 한국이 처한 당장의 위기를 극복해 내는 일이다.

그나마 다행인 것은 재정경제부에서의 실무 회의는 비교

적 원활하게 진행이 되었다는 것이다.

하긴, 어차피 서류상으로 다 전해지지 않은 여러 가지 사안들에 대한 브리핑 차원에서의 1차 회의였다. 한국의 실무진들은 그 브리핑 내용을 그저 듣기만 했을 뿐이니 딱히 원활하게 진행되지 않을 이유가 없었다.

본격적인 세부 조율과 협상은 2차 회의부터 진행될 예정이었다.

하루 이틀 사이에 끝날 일이 아니었다.

다음 회의는 2주 후로 잡았다.

그 즈음해서였다.

뜻밖의 손님이 혁준을 찾아왔다.

얼마 전까지 혁준을 보필하다 다시 상무부로 복귀한 상무부 장관의 보좌관 필립 하비브와 제임스 레이니를 대신해 작년부터 주한 미국 대사를 맡고 있는 스티븐 보라스였다.

그들의 방문 소식을 들었을 땐, 아무래도 주한 미국 대사가 바뀐 만큼 그저 인사차 들르는 것이라 생각했다. 필립 하비브가 동행을 한 것도 첫 대면인만큼 원활한 교류를 위한 교각 역할로 온 것인 줄 알았다.

그런데, 막상 그들과 대면한 자리에서 스티븐 보라스가 꺼낸 말은 그가 짐작했던 것과는 전혀 다른 것이었다.

"한국에서 미스터 권에게 한국 국적을 재취득할 것을 제시했다고 들었습니다. 그리고 미스터 권이 한국에서 하려는 일도 대강 알고 있습니다."

"……."

스티븐 보라스가 거기까지 알고 있다고는 생각 못 한 혁준이다.

아니, 이번 일을 진행함에 있어 미국에 대해서는 아예 신경도 쓰지 않고 있었기에 미국 측이 이 일에 관심을 가지고 있다는 것 자체를 미처 몰랐었다.

사실 미국이 관심을 갖고 자신과 한국의 일에 촉각을 곤두세우고 있었다면 이 정도 정보야 비밀이랄 것도 없는 일이다.

그래서 의외이긴 했지만 놀랍지는 않았다.

다만, 스티븐 보라스의 말투가 어딘지 권위적이고 또 왠지 적의가 느껴져서 묘하게 신경이 거슬린다는 것뿐.

"그래서요?"

자연히 혁준의 말투도 그다지 호의적이지는 못했다.

그러거나 말거나 스티븐 보라스는 자기 할 말만을 했다.

"이번 일에 대해 미국 정부는 심히 우려를 하고 있는 입장입니다."

"설마 제가 미국을 떠나기라도 할까 봐서요?"

"지금 미스터 권이 한국에서 벌이고 있는 일은 충분히 그럴 만한 여지가 있는 일이 아닙니까? 더구나 한국 국적까지

다시 취득을 한다면······."

미국의 걱정이야 이해는 한다.

미국 경제계에 끼치는 혁준의 영향력이나 가치를 생각하면 작은 변수에도 민감하게 반응하는 거야 당연했다.

하지만 아무리 그렇다고 해도 이건 지나친 간섭이었다.

"한국에서 제시한 조건은 어디까지나 한국 국적을 재취득하라는 거지 미국을 버리라는 것이 아니었습니만?"

"지금이야 그렇지만 앞으로는 어떻게 될지 모르는 일이지 않습니까? 더구나 태어난 나라를 버린 전례까지 있는 마당인데······."

"뭐라고요?"

혁준은 정말이지 어이가 없었다.

말이란 게 아 다르고 어 다른 법이다.

아무리 사실이 그렇다고 해도 당사자 앞에서 꺼낼 만한 일이 아니었다.

'대체 이게 뭐하자는 수작이야?'

처음에는 그저 기분 탓이려니 했는데 그게 아니었던 모양이다.

이건 어떻게 봐도 시비조였다.

무슨 이유인지는 모르겠지만 뭔가 고깝다는 티를 팍팍 내고 있었다.

혁준으로서는 이 이유 모를 적의가 그저 어리둥절할 뿐이다. 도를 넘은 무례가 황당하기도 했다.

그렇게 혁준이 어이없어하고 있자 스티븐 보라스는 거기서 한술 더 떴다.

"말이 나왔으니 하는 말입니다만, 미스터 권이 한국을 떠날 때 미국 정부에서 미스터 권에게 얼마나 많은 배려를 해주었습니까? 심지어 한국과의 외교 마찰을 감수하면서까지 미스터 권을 도왔습니다. 그런데 이제 좀 사정이 나아졌다고 해서 다른 생각을 하는 것은 미국에 대한 배신이 아닙니까?"

이젠 혁준이 미국을 버리기로 한 것을 아예 기정사실화해서 이야기하고 있었다.

미국을 버리겠다는 생각은 하지도 않았을뿐더러 한국 국적을 취득하는 문제도 일고의 가치도 두지 않고 일언지하에 거절했었다.

명색이 주미 대사라는 자가 그런 전후 사정도 제대로 파악하지 않은 채로 자신을 상대로 이런 무례라니?

정말이지 이게 대체 무슨 시추에이션인가 싶었다.

게다가,

'뭐? 배신?'

물론 한국을 떠날 때 미국의 도움을 받은 것은 분명 사실이었다. 그때의 고마움을 잊지도 않았다.

하지만 지금까지 그가 미국에 낸 세금이며 미국 경제에 끼친 긍정적인 영향이며 미 군수산업에 기여한 그동안의 공로만 해도 그전에 진 빚은 모두 상쇄하고도 남았다.

더구나 그 당시 먼저 매달린 것은 혁준이 아니라 미국이었다.

그리고 미국이 아니었더라도 혁준이 손만 뻗으면 그의 손을 잡아줄 나라는 얼마든지 있었다.

혁준이 미국의 손을 잡은 것은 어디까지나 서로 간에 필요에 의해서였지 빚을 운운할 만큼, 그리고 이렇게 생색을 낼만큼 종속적인 관계는 결코 아니었던 것이다.

스티븐 보라스의 그 거만하고 무례한 태도에 혁준이 더는 참지 못하고 한마디를 하려고 했다.

그런데 그전에 지금까지 옆에서 지켜만 보고 있던 필립 하비브가 한발 먼저 끼어들었다.

"미스터 권. 오해의 소지가 있을 듯해서 말씀드립니다만, 저희가 이렇게 미스터 권을 찾아온 것은 결코 나쁜 의도에서가 아니라는 점을 분명히 알아주셨으면 좋겠습니다."

혁준이 그제야 필립 하비브를 보았다.

'나쁜 의도가 없다고?'

의심하고 추궁하고 질책하고… 이미 충분할 만큼 나쁜 의도를 보여줘 놓고 나쁜 의도가 없다니?

지금만 해도 필립 하비브를 향해 못마땅한 듯, 자신의 생각과는 전혀 다르다는 듯 불쾌한 눈으로 노려보고 있는 스티븐 보라스인데 거기에 대체 무슨 좋은 의도가 있단 말인가?

자신의 중재에도 불구하고 분위기는 전혀 좋아질 기미를 보이지 않자 필립 하비브의 속은 새까맣게 타들어갈 지경이었다.

미국 정부가 혁준의 행보에 우려를 나타내고 있는 것도 사실이고 그래서 혁준의 생각을 정확히 파악하고자 스티븐 보라스에게 지시를 내린 것도 사실이었다.

하지만 그 의도는 어디까지나 조심스럽게 속마음을 떠보라는 것이었지 이렇듯 추궁을 하라는 것도 아니었고 질책을 하라는 것도 아니었다.

지금까지 좋은 관계를 유지해 오고 있는 상황이었다.

혁준이 모국에 대한 애정 때문에 미국을 버릴 가능성도 그다지 높지 않은 상황이기에 굳이 무리수를 둬서 혁준을 자극할 이유가 없는 것인데, 문제는 이 스티븐 보라스라는 인간이었다.

처음부터 외교관과는 어울리지 않는 인간이었다.

미국 내 군벌 가문 출신이라서인지 지나친 미국 우월주의에 모든 일에 강압적이고 독선적인 성향이 강했다. 그 때문에 신임 주한 미국 대사로 지명이 됐을 때도 인준 과정에서 꽤 많은 반대가 있었다.

그럼에도 그가 주한 미국 대사가 될 수 있었던 것은 그야말로 쩐의 전쟁터가 될 한국에서 미국 자본이 보다 유리한 고지를 선점하는 데 필요한 것은 부드러운 외교력보다는 차라리 스티븐 보라스 같은 스타일이 더 효과적일 거라는 판단에서였다.

그런데 그 스타일이 해외 투기 자본의 유입 자체가 막혀 버린 현 상황에서는 오히려 독이 되고 있는 것이다.

이렇게 될 걸 걱정해서 미키 캔터 상무부 장관이 필립 하비브를 급히 한국으로 파견한 것이었지만 안타깝게도 그에겐 스티븐 보라스를 통제할 수 있는 권한이 아무것도 없었다.

급기야,

"아무튼 우리 미국 측의 뜻은 충분히 알아들으셨을 테니 더는 긴말하지 않겠습니다. 지금처럼 미국과 좋은 관계를 이어가고 싶다면 한국 국적을 취득하는 문제는 좀 더 신중히 생각해 보시는 게 좋을 겁니다."

이 알차게 개념 없는 인간은 혁준을 상대로 협박까지 해버린다.

순간, 혁준의 얼굴이 보기 흉하게 일그러진 것은 말할 것도 없다.

그런 혁준의 얼굴을 보며 필립 하비브는 아예 자포자기 상

태가 되어버렸다. 이미 자신이 어찌 무마해 볼 수 있는 상황
이 아닌 것이다.

*　　　*　　　*

스티븐 보라스가 돌아가고 필립 하비브로부터 상황을 전
해 들은 미키 캔터 상무부 장관에게서 바로 연락이 왔다.

스티븐 보라스가 보여준 행동은 결코 미국의 뜻이 아니라
는 해명의 전화였다.

"현재 클린턴 대통령의 성추문 스캔들로 인해 미국 정부가
거의 그로기 상태에 빠진 상태입니다. 그 와중에 지휘 체계도
엉망이 되어버렸고… 지위적으로나 성향적으로 부적절한 자
가 주한 미국 대사를 맡게 된 것도 그 때문이죠. 다시 한 번
더 말씀드리지만 그가 미스터 권에게 한 말은 결코 미국의 진
심이 아닙니다."

거듭 사과를 하는 미키 캔터의 태도에 화는 많이 누그러졌
다.

어느 사회나 모난 돌 하나쯤은 있게 마련이다.

그 모난 돌이 그 사회를 대변하지는 않는다.

모난 돌 하나 때문에 그 사회 자체를 부정하고 원망할 만큼
편협하진 않다.

하지만 그건 어디가지나 미국에 대한 이해였지 스티븐 보라스에 대한 용서는 아니었다.

그에 대한 화는 전혀 가라앉지 않았다.

그런 한편으로, 이 스티븐 보라스라는 인간에 대해 궁금하기도 했다. 단지 성향 탓으로만 돌리기에는 스티븐 보라스가 보여주던 자신에 대한 적의가 지나치게 노골적이었다.

혁준은 그 즉시 그가 동원할 수 있는 최고의 정보력인 칼리고 발터에게 전화를 걸었다.

─한국에서 한창 바쁠 텐데 어쩐 일이신가?

"한 가지 여쭤볼 게 있어서요."

─뭔데 그러나?

혁준은 오늘 있었던 일에 대해 칼리고 발터에게 말했다.

그런데, 칼리고 발터에게서 들려온 대답은 의외의 것이었다.

─자네 S&D펀드에 대해 기억하나?

이 대목에서 S&D펀드에 대해 듣게 될 줄은 전혀 생각지 못했던 혁준이라 조금 뜬금이 없기도 했고 생뚱맞기도 했다.

물론 기억이야 하고 있다.

그가 한국에 대한 투기를 묶기 위해 세계 경제인들을 모았을 때, 그중에서도 유독 강력하게 반발하며 시비를 걸던 사무엘 미추가 바로 S&D펀드의 대표였다.

정관계 핵심 인사들을 투자자로 두고 있는, 로비력으로는 에이팩 다음으로 미국 내 서열 2위를 차지하고 있는 군산복합체라고 했었다.

"근데 S&D펀드는 왜……?"

"그 S&D펀드의 투자자 중 하나가 바로 스티븐 보라스지. 내 듣기로는 한국의 IMF 특수를 노리고 상당한 돈을 투자했다고 하더군. 그런데 자네가 S&D펀드의 한국 내 투자를 막아버렸으니 자네에게 좋은 감정일 리야 없지 않겠나?"

"아……."

그제야 좀 이해가 된다.

미국 우월주의니 성향이니 그런 걸 다 떠나서 적의의 이유란 건 결국 금전적인 손해였던 것이다.

칼리고의 말대로 한탕 대박을 노리고 거액을 투자했는데 그게 혁준으로 인해 쪽박이 되어버렸으니 감정이 좋을 리가 없는 것이다.

"비단 스티븐 보라스만이 아니네. 내가 전에 사무엘 미추는 조심해야 될 인물이라고 한 말 기억하나?"

물론 기억하고 있다.

"이번 클린턴의 성추문 스캔들로 민주당의 생명은 끝났네. 다음 43대 대선은 분명 공화당이 될 것이네. 그리고 공화당의 대선 유력 주자가 바로 조지 워커 부시지. 자네가 알는지는 모르겠지만 조지 부시는 41대 대통령인 조지 허버트 워커 부시의 아들이네."

그 또한 당연히 알고 있다.

다만 칼리고가 왜 갑자기 조지 부시 부자의 이야기를 꺼내는지 그게 궁금하면서도 불길할 뿐이다.

이유는 바로 알 수 있었다.

"이번에 그 조지 부시 부자가 S&D펀드의 투자자로 들어갔다더군. 그들 부자만이 아니네. 프랭크 칼루치 전 국방장관, 제임스 베이커 전 국무장관, 다음 국방장관이 유력시되는 도널드 럼스펠드 등 전·현직 권력자들을 대거 끌어들였다더군. 그나마 그들은 자네가 한국 투자를 막고 난 이후에 들어간 상황이라 자네에게 달리 악감정을 가지고 있지는 않겠지만 그래도 앞으로는 모든 일에 좀 더 신중해야 할 것이네. 사람이 바뀌면 정책도 바뀌게 마련이니까 말이야."

칼리고의 말대로였다.

제임스 레이니에서 스티븐 보라스로 대사 하나가 바뀐 것만으로도 이렇게 큰 변화가 생기는 것이 정치판이다.

다음 정권에서도 지금과 같이 그를 대우해 줄 거라고는 아무도 장담할 수 없는 일이었다.

칼리고의 말을 듣고 보니 정신이 번쩍 드는 느낌이었다.

특히 사람이 바뀌면 정책도 바뀐다는 말은 섬뜩하게까지

들렸다.

하지만 새삼스럽지는 않았다.

막상 현실로 와 닿으니 잠시 당혹스럽긴 했지만, 그도 이미 충분히 숙지하고 있던 일이었던 것이다.

'세상에 믿을 나라가 어디 있다고……'

이해만 맞으면 오늘의 적이 내일의 친구가 되고 오늘의 친구가 내일의 적이 되는 것이 정치판이 아니던가.

그런 것들에 휘둘리지 않기 위해서는 결국 혼자 서야 했다.

혼자 서기 위해서는 그들보다 더 큰 힘을 가져 아무도 침범할 수 없는 그만의 왕국을 만드는 수밖에 없다.

그 첫발을 내딛기 위해 한국에 온 것이다.

그걸 위해서 세계 경제인들의 비위를 거슬려 가면서까지 무리하게 이번 일을 추진한 것이었다.

혁준은 일을 서둘렀다.

그리고 얼마 안 있어, 정부 발표가 났다.

[정부, 제2차 퇴출 기업 명단 발표. 모두 230개 기업 선정]

그건 그동안 전문가들이 예상했던 것의 거의 세 배에 가까운 숫자였다. 관련 실직자 수만 해도 200만 명이 넘을 거라는 통계가 쏟아져 나오고 있었다.

기가스 컴퍼니의 투자 확정으로 한껏 축제 분위기에 젖어 있던 한국이 그 순간 통곡의 바다로 변했다.

"이게 무슨 개떡 같은 소리야! 이렇게 무턱대고 퇴출만 시킨다고 해결될 일이 아니잖아!"

"이런 지경에도 투자를 약속했던 기가스 컴퍼니는 대체 뭘 하고 있는 거야!"

원망의 목소리가 쏟아져 나왔다.

정부를 질책하고 기가스 컴퍼니를 비난했다.

하지만 이어서 나온 정부 발표에 그 같은 비난과 원망은 단숨에 환호와 찬사로 바뀌었다.

[정부, 경제특구 설치 천명! 대전, 충청과 서해안 일대를 경제특구로 지정!]

[기가스 컴퍼니 경제특구 건설에 1차 1,200억 달러 지원 발표]

[기업체 7,400개, 연구기관 240개, 교육기관 164개 등 모두 8천여 개의 기관과 기업체, 1차 입주 예정]

[경제특구로 인해 10년 내 국내총생산 7배 증가 예상]

[경제특구 건설로 인해 예상되는 고용 창출 효과는 무려 300
만 명에 이를 것으로 추정]

　경제특구에 관련된 소식들이 연일 쏟아져 나왔다.

　연일 쏟아져 나오는 소식들은 하나같이 사람들을 흥분으
로 몰고 가기에 충분한 것들뿐이었다

　그렇게 조금씩 윤곽을 드러내고 있었다.

　경제특구가.

　혁준의 첫 번째 왕국이.

　그것은 세상에 존재하는 세계 그 어떤 경제특구와도 완전
히 그 궤를 달리하는 것이었다.

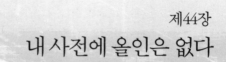

제44장

내 사전에 올인은 없다

경제특구가 다른 나라의 경제특구와 근본적으로 다른 점은 철저한 자치주 개념이라는 것이다.

그건 곧이어 발표된 '경제특구 10조'에도 잘 나타나 있었다.

1. 기가스 컴퍼니 대표 권혁준을 Special Economic Zone, 즉 SEZ 관리국의 회장으로 한다.

2. SEZ 관리국 회장은 연임제로 하며 4년마다 관리국 위원회를 통해 선출한다.

내 사전에 올인은 없다

3. SEZ 관리국은 회장 아래 회장이 지명하는 한 명의 부회장과 회장이 지명하는 다수의 위원을 두어 위원회를 구성하고 그 위원회는 경제특구의 행정을 비롯해 전략적 규제와 통제, 분쟁 해결 등에 관한 모든 결정권을 갖는다.

4. SEZ 관리국은 대전광역시에 설치한다.

5. 경제특구의 소비세와 소득세는 50퍼센트 감면을 기본 원칙으로 하며 대한민국 정부가 아닌 SEZ 관리국의 관리하에 두고, SEZ 관리국은 향후 10년간 특구 운영에 필요한 특구 예산을 제외한 세액의 50퍼센트를 대한민국 정부에 납입한다. 그 후 소비세는 그대로 두되 소득세는 순차적으로 줄여 나가 그 후 10년 후에는 SEZ 관리국이 전액 관리할 것이며 대한민국 정부는 거기에 대한 그 어떤 권리도 주장하지 않는다.

6. 경제특구의 토지는 임대가 아닌 SEZ 관리국 회장의 개인 소유를 기본 원칙으로 하며 필요한 자본 또한 회장의 사비로 충당한다.

7. 경제특구 특별법은 모두 10장 99조 및 부칙 6조로 구성된다.

8. 경제특구에 입주를 원하는 기업은 먼저 SEZ 관리국의 심사를 거쳐야 하며 경제특구 특별법의 법령에 따를 것임을 서면으로 남겨야 한다.

9. SEZ 관리국 심사에 통과를 해서 경제특구에 입주를 했다고 하더라도 차후 법령을 어기거나 결격 사유가 발견될 시 SEZ 관리국은 위원회의 회의를 거쳐 해당 기업을 추방할 수 있다.

10. 대한민국 정부는 향후 경제특구와 관련해서 서로 간의 공조가 필요할 시 SEZ 관리국 위원회와 행정적 논의는 할 수 있으나 세금을 제외한 그 어떤 권리도 주장할 수 없다.

그 같은 '경제특구 10조'가 발표되었지만 사람들은 크게 개의치 않는 분위기였다.

그건 그로 인한 IMF 극복과 GDP 성장, 300만 개의 일자리 창출 등 경제특구가 가져올 무한히 긍정적이고 희망적인 효과가 사람들의 마음을 사로잡은 것도 있지만 정부가 거의 사활을 걸다시피 하며 철저히 언론을 통제하는 한편으로 경제특구의 홍보에 주력했기 때문이다.

물론 소수의 지식인들이 심각히 우려를 표명하기도 했다.

"기가스 컴퍼니가 처음에 약속한 600억 불이 아닌, 1,200억 불의 통 큰 투자를 한 것을 두고 국민들은 환호하고 감사하고 있지만 그건 결코 좋은 일이라고만은 할 수 없습니다. 필요 이상으로 투자를 했다는 건 필요 이상의 이득을 가져가겠다는 뜻이니까요. 실제로 경제특구만 해도 그렇습니다. 이건 말이 경제특구지 경제특구가 아닙니다. 권혁준 자치구라고 명명해야 맞습니다. 대한민국 안에 새로운 국가가 생겨난 거나 마찬가지라는 말씀입니다."

내 사전에 올인은 없다

"그렇습니다. 나라가 나라로서 있을 수 있는 가장 기본적인 뼈대는 법과 토지, 그리고 세금입니다. 그런데 경제특구 10조를 보면 지금의 경제특구는 경제특구 특별법 아래 새로운 법질서가 세워졌다고 해도 과언이 아닙니다. 천문학적인 돈으로 무장한 기가스 컴퍼니의 공격적인 매입으로 인해 토지도 이미 급속히 권혁준 대표의 사유화가 되어가는 상태고 향후 20년 후에는 세금도 대한민국 정부로부터 분리가 됩니다. 대체 이게 어디로 봐서 대한민국 땅입니까? 권혁준 자치구, 아니, 독립국, 아니, 권혁준 왕국이라 해야 맞지 않겠습니까?"

하지만 그 같은 목소리는 IMF 한파에 시달리고 있던 사람들의 귀에는 들어오지도 않았다. 한국 국민들은 혁준의 예상보다도 더 담담히 그 사실을 받아들였다.

"한국에서 나고 자란 권혁준 대표가 나라를 위해 사재까지 털어 경제특구를 만들었는데, 그 경제특구로 인해 회생 불능의 나라 경제가 다시 살아나고 있는데 대체 뭐가 문제라는 거야?"

"그러게 말이야. 경제특구가 잘만 되면 우리나라가 경제대국으로서의 면모마저 갖추게 될 거라는데 왜들 색안경을 끼고 지랄인 건지……."

"정말 이해가 안 되는 건, 내국인 고용 비율만 해도 향후

15년 동안 75퍼센트까지 끌어 올린다던데, 이 정도면 충분히 애국하는 거구만 뭐가 저리들 불만인 거냔 말이지. 나라 어려울 때 지들은 달러 잔뜩 모아다가 나라 버리고 도망갈 생각이나 했을 거면서."

그처럼 국민들은 대체로 긍적적인 분위기였다.

뿐만 아니라, 오히려 권혁준 왕국이기에 더 뜨거운 관심과 열렬한 지지를 보내는 부류도 있었다.

그건 이 경제특구의 혜택을 가장 직접적으로 받게 될 국내 기업들이었다.

여러 가지 상당히 껄끄러운 강제 조항들이 있는데도 불구하고 하루에만 수백 개 기업이 입주 신청을 해올 정도였다.

50퍼센트의 세금 감면으로 보다 안정된 사업 기반을 다질 수 있다는 것도 큰 매력이었지만 무엇보다 권혁준이란 존재 때문이었다.

아직 아무런 약속도 명시도 없었지만 그래도 권혁준 왕국이라면, 그 왕국에 신민으로 선택된다면 당연히 그만한 혜택이 주어지리란 기대가 경쟁 심리마저 부추기고 있었던 것이다.

그 바람에 할 일이 태산처럼 쌓여 버린 혁준이었다.

호텔방 안이 온통 서류 더미로 가득했다.

"아아, 뭐가 이렇게 일이 많아? 이러다간 정말 일에 치여

죽겠네."

혁준의 투정에 차유경이 피식 웃으며 말했다.

"그럼 왕국의 기틀을 세우는 일이 그렇게 간단할 줄 알았어요? 그래도 이 정도면 양호한 거죠."

다른 사람이 그런 말을 했으면 '양호는 개뿔'이라며 콧방귀를 꼈을 테지만 차유경이 그런 말을 하니 아무 반박도 못하겠다.

그가 벌여놓은 이 일로 인해 가장 고생을 많이 하고 있는 것은 차유경이었다. 기가스 컴퍼니는 기가스 컴퍼니대로, 특구는 특구대로 신경을 쓰고 있다.

대전시를 행정 수도로 바꾸는 데 필요한 그 어마무시하게 많은 일들이 모두 그녀의 책임하에 처리되고 있는 것은 물론이고 건설 업체 선정에 자재 확보에 인력 선별까지……

이건 몸이 열 개라도 부족할 일을 빈틈없이 척척 다 해내고 있는 것이다.

'기계야 기계.'

새삼 차유경이 없었다면 어쩔 뻔했나 싶다.

그러다 문득 생각나서 물었다.

"근데 토지 매입 건은 어떻게 되어가고 있죠?"

"아직 계획한 것의 70퍼센트밖에 안 돼요. 경제특구 발표가 나고부터 오히려 매입이 더 힘들어지고 있어요."

"그러게 발표를 좀 늦추라고 그렇게 말했는데……."

경제특구 발표는 한국 측과 아직 조율이 다 마무리되지 않은 시점에서 터져 나온 것이었다.

뜻하지 않게 언론에 유출이 되어 할 수 없이 앞당겼다고는 하지만 그걸 믿을 만큼 혁준은 그렇게 순진하지 않았다.

'윤태웅… 분명 그 인간 짓이겠지.'

한국 입장이 입장인만큼 다 내어줄 수밖에 없는 상황이지만 그래도 최소한 대전과 충청, 그리고 서해안 일대 시민들이 땅값이라도 좀 더 챙기게끔 하려는, 속이 뻔히 보이지만 얄밉지만은 않은 배려였다.

물론 그래 봐야 발표가 있기 전에 이미 토지 매입은 상당 부분 진척이 되어 있던 상황이었다.

차유경이 한국에서 한 일은 단지 기업 실사만이 아니었다. 오히려 가장 중점을 두고 추진했던 일이 토지 매입이었다. 혁준이 경제특구를 계획하면서 가장 중점을 둔 부분도 바로 토지였다.

한국에서 자기 권리를 주장하기에 땅만큼 확실한 것이 없으니까.

그래서 한국 정부로부터는 단 한 푼의 지원도 받지 않은 것이었다.

아무튼 그렇게 중점을 두고 진행하고 있는 일인데 윤태웅

내 사전에 올인은 없다

의 방해로 계획보다 속도가 늦어지고 있는 것이다.

'이런 데서 미적거릴 시간이 없는데 말이지. 슬슬 국유지에도 물밑 작업을 들어가야 하고.'

혁준이 그런 생각을 하고 있을 동안 차유경이 커피를 타왔다.

커피를 보자 다시 또 저 많은 서류 더미들과 씨름을 해야 한다는 생각에 한숨만 푹 나온다.

혁준이 그렇게 경제특구의 일로 골치를 썩고 있을 때였다.

혁준이 벌이고 있는 한국에서의 일로 인해 멀리 미국에서 제대로 골치를 썩고 있는 사람이 있었다.

미국 상무부 장관 미키 캔터였다.

*   *   *

의회의사당을 나서는 미키 캔터 미 상무부 장관은 연신 한숨만 내쉬고 있었다.

외교위원회에서 청문회를 받고 나오는 길이었다.

혁준의 일 때문이었다.

비단 외교위원회만이 아니었다.

어제는 천연자원위원회와 에너지위원회에서 청문회를 받았고 그제는 상무 과학 교통위원회와 군사위원회에서, 또 엊 그제는 세출세입위원회와 합동경제위원회에서 청문회를 받았다.

아주 죽을 맛이었다.

대통령의 선거운동본부장을 맡아 치열한 선거 전쟁을 치를 때도 지금만큼 피로하지는 않았던 것 같았다.

혁준이 미국에 미치고 있는 영향력이 그만큼 광범위해졌다는 뜻이기도 했지만 일개 개인의 일에 의회에서 이렇게까지 민감한 반응을 보이는 것에는 그 외에도 다른 외적인 요인이 있었다.

그 첫 번째가 하원을 통과해 이제 상원의 결정만 기다리고 있는 대통령 탄핵안으로 인해 현 정부의 입지가 크게 흔들리고 있다는 것이다.

반대로 공화당의 입김이 세졌다.

그러다 보니 현 정부에서 그동안 추진했던 모든 정책에 대해 벌써부터 재평가가 시작되고 있는 시점이었다.

그런 시점에서 현 정부에서 심혈을 기울여 진행했던 혁준의 일이 이상한 조짐을 보이자 피라냐 떼처럼 달려들고 있는 것이다.

'하필이면 시기가 너무 안 좋았어.'

그리고 두 번째는 혁준에겐 아군보다 적이 더 많다는 것이다.

기가스 컴퍼니의 혜택을 보고 있는 몇몇을 제외하고 그렇지 못한 기업들은 당연하게도 혁준에게 좋은 감정을 가지고 있지 않았다. 그리고 그들 대부분이 공화당 의원들과 끈이 닿아 있는 곳이었다.

　아무래도 기술제휴를 위한 선별 작업에서 현 정부와 좋은 관계를 유지하고 있는 기업들이 그렇지 못한 기업들보다 안정성 면에서 보다 높은 점수를 받을 수밖에 없었고, 그리해 기가스 컴퍼니의 간택을 받는 데도 보다 유리한 입장이었던 것이다.

　비단 공화당뿐만이 아니었다.

　민주당 인사 중에서도 혁준에게 악감정을 가지고 있는 사람들은 많았다. 한국의 IMF를 한탕의 기회로 삼고 있던 정치인들이 어디 한둘이었겠는가?

　그 한탕의 기회를 혁준이 강압적으로 막아버렸으니 그런 혁준이 못마땅한 거야 당연했다.

　더구나 혁준의 행보가 너무 과격했다.

　혁준이 한국 내에서 하는 일은 단지 경제특구만이 아니었다.

　건실하고 가능성 있는 기업의 지분을 공격적으로 매입하는가 하면, 퇴출 기업들을 대상으로 과감한 인수합병을 감행해 하나의 거대 기업으로 통폐합시킨 후 경영진 교체 등의 기업 개선책을 통해 완전히 새로운 기업으로 재탄생시키기도 했다.

뿐만 아니라 아예 한국 경제 기반 자체를 깡끄리 쓸어 담을 생각인지 은행, 철도, 철강, 광산, 조선, 항만에까지 손을 뻗쳤다.

그 행보는 마치 밴터 가문과 체이서 가문이 미국에 들어와 미국 경제계를 그들만의 절대적 독점 체제로 만들어 버렸던 것과 상당히 유사한 것이었다.

'그것마저도 큰 그림 속 하나의 퍼즐 조각이라고 한다면……'

어쩌면 혁준이 경제특구를 통해 얻으려는 것은 단지 경제적 이득이 아닐지도 몰랐다.

정복자가 그 땅 위에 정복 왕조의 깃발을 꽂듯이, 한국이 자신의 왕국임을 세상에 알리기 위한 상징적인 의미에서의 경제 수도를 건설하고자 함일 수도 있었다.

다시 말해 지금 혁준은 조력자로서가 아니라 정복자로서 한국에 들어가 정복 왕조의 첫 깃발을 세우고 있는 것일 수도 있다는 말이다.

아무튼 한국을 황금시장으로 생각하고 거기에 투자를 하려고 했던 정관계 인사들로서는 혁준의 파격 행보에 더더욱 분통을 터뜨릴 수밖에 없었다.

지금 혁준이 하고 있는 일이 바로 그들이 하려고 했던 일이 었기 때문이다.

그들이 얻었어야 할 수익을 고스란히 혁준이 다 가로채 가고 있는 상황이었으니 그들로서는 도둑질이라도 당한 기분인 것이다.

그 대표적인 인사가 바로 주한 미국 대사로 나가 있는 스티븐 보라스였다.

지금 미 의회에서는 대통령의 탄핵안으로 시끄러운 중에도 혁준에 대한 의견도 분분하게 나오고 있는 실정이었다.

"한국에서 한국 국적 재취득을 준비하고 있다는 말이 있습니다. 만일 정말 그런 일이 벌어진다면 원칙에 따라 그 즉시 미국 시민으로서의 자격을 박탈함은 물론이고 그동안 부여했던 모든 혜택을 거둬들여야 합니다. 세금 부분에서도 그동안 혜택을 준 것 또한 소급 적용해서 다 받아내야 하구요."

"그건 지나친 비약입니다. 아직 벌어지지도 않은 일을 두고 미리부터 가정을 해서 벌을 논하는 건 가당치도 않은 일입니다. 아니, 설혹 그가 한국 국적을 재취득한다고 해도 그렇게 무턱대고 벌부터 내릴 것이 아니라 보다 신중히 대처해야 합니다. 기가스 컴퍼니가 미국 경제에 미치는 영향력을 정녕 몰라서 그러십니까? 이대로 기가스 컴퍼니를 내치면 경제 전반에 걸쳐서 큰 타격을 받게 됩니다. 어떤 경우라도 잘 달래서 미국이 끌어안고 가야 하는 인물입니다. 그것이 진정 미국을 위하는 길입니다."

"그렇다고 언제까지 미국을 우롱하는 짓을 두고만 볼 수는 없지 않습니까? 우리 미국이 왜 그런 자의 눈치나 봐야 하느냔 말입니다. 차라리 그럴 바에야 끌어안을 게 아니라 강제로라도 꿇어앉혀서 허튼짓을 못 하도록 만드는 게 더 낫다고 봅니다."

"그러다 일이 잘못 되어서 미국에 대한 악감정만 남긴다면요? 경제, 자원뿐만 아니라 미군의 군사무기에까지 깊이 발을 들이고 있는 사람인데, 한국이야 미국이 통제할 수 있다지만 만에 하나 그러다 제3국으로의 망명이라도 해버린다면 그땐 그 뒷감당을 어떻게 할 겁니까? 이미 세계 각국에서 그자를 못 데려가서 안달을 내고 있는 실정이란 걸 모르십니까? 이미 강제로 어떻게 해볼 수 있는 사람이 아닙니다. 지금 미국이 국익을 위해 할 수 있는 최선은 지금까지 그랬듯이 미국이 기가스 컴퍼니의 최우방국임을 지속적이고 보다 더 적극적으로 보여주는 것뿐입니다."

"그게 뭡니까? 그자가 감히 미국을 우롱하고 무시하는데도 오히려 지금까지보다 더 퍼주자는 말씀입니까? 자존심도 없이?"

내 사전에 올인은 없다

"적어도 미국이 기가스 컴퍼니가 가진 것을 잘 흡수해서 충분한 경쟁력을 가질 수 있을 때까지는 그래야 합니다. 사실 그동안은 그가 미국이라는 큰 보호막을, 그리고 큰 시장을 포기할 리가 없다고 안일하게 생각했던 것이 사실입니다. 그래서 별다른 대책을 세워두지 않았던 실책도 인정합니다. 그러니 이제부터라도 기가스 컴퍼니가 가진 기술력의 원천을 공략해서 얻을 수 있는 것은 다 얻어내 미국의 자생력을 키워야 합니다. 그때까지는 어떻게든 안고 가는 수밖에 없습니다."

"대체 언제까지 말입니까? 아무것도 보장할 수 없는 일인데 아무런 보장도 없는 일에 매달려 언제까지 퍼주기를 계속해야 한단 말입니까?"

미 의회에서는 혁준에 대한 부정적이고 공격적인 의견들이 다수를 차지하고 있었다.

미키 캔터는 사태를 극단적인 상황으로는 끌고 가지 않기 위해 어떻게든 무마를 시켜보고 있었지만 행정부의 입김이 약해지면서 그것도 점점 힘에 부치고 있는 실정이었다.

'상황이 이렇게까지 되기 전에 미리 미스터 권을 단속했어야 하는데…….'

아니다.

혁준 하나 단속한다고 해결될 문제가 아니다.

경제특구나 한국 국적 재취득 문제가 도화선이 되긴 했지만 거기에는 더 복잡한 정치 커넥션이 얽혀 있었다.

기가스 컴퍼니가 뿌려대는 기술들은 시대를 선도하고 있는 것은 물론이고 시장 독점적 지위를 갖고 있다고 해도 과언이 아니었다. 그런 만큼 그 혜택을 받지 못하는 대다수의 기업들은 그만큼 필사적이고 결사적으로 기가스 컴퍼니를 밟으려 했다.

혁준과 밀월 관계에 있는 민주당이 아니라 다음 정권이 유력시되는 공화당이 그들의 총칼로 선택된 것은 너무도 당연한 일이었다. 거기다 공화당과는 끈끈한 커넥션을 유지하고 있는 S&D펀드에서 물밑 작업까지 하고 있으니 결국 시기상의 문제였을 뿐, 언제고 한 번은 터질 일이었던 것이다.

"하아……."

생각하자니 계속해서 한숨만 나온다.

"차라리 그때 그만뒀어야 했는데……."

현 대통령이 재선에 성공했을 때 그걸로 자신의 할 일은 다 했다고 생각했다. 그래서 선거 전부터 사임을 생각하고 있었다.

그럼에도 아직까지 그만두지 못하고 있는 단 하나의 이유가 바로 혁준이었다.

자신의 정치 인생 중에 최고의 역작이라고 생각하고 있는 것은 빌 클린턴을 미국 대통령으로 만든 것이 아니라 혁준을 미국으로 데리고 온 것이었다.

미국을 위한 최고의 선택이자 최고의 업적이라 그렇게 믿고 있었고 그건 불과 3년 만에 혁준이 손을 대는 모든 분야에서 가시적인 성과로 여실히 증명이 되었다. 그건 그의 예상치를 훨씬 더 웃도는 것이었다.

하루가 다르게 주가가 치솟고 있는 최고의 예술품이었다.

미국 최고의 자산이었다.

그걸 미국의 손으로 망가뜨리게 하고 싶지 않았다.

그건 미국에 대한 애국심이나 사명감이라기보다는 일종의 장인 정신과도 같은 애정이었다. 그러나 그가 실드를 쳐 줄 수 있는 것도 기껏해야 이번 정부까지뿐이었다.

'앞으로 2년……'

너무 짧다.

하지만 달리 생각해 보면 혁준에겐 짧은 시간이 아닐지도 모른다.

미국에 온 지 불과 3년 만에 미국 경제를 휘어잡은 것은 물론이고 한국으로 금의환향해서 한국에 자신의 왕국마저 건설해 버린 혁준이 아닌가?

앞으로 2년 후에는 그가 어떤 모습을 하고 있을지 상상도 되지 않았다.

그때가 되면 어쩌면 미국이 감히 건드릴 수도 없을 만큼의 힘과 지위를 가지고 있을지도 모르는 일이었다.

'그래. 부디 그때까지만이라도 더 이상의 분란의 여지는 만들지 않았으면 좋겠는데…….'

참으로 간절히도 바래본다.

그러나 미키 캔터의 그 같은 간절한 바람은 얼마 안 있어 부질없는 것이 되어버렸다.

"뭐? 프랑스?"

이렇게 민감한 시기에 혁준이 난데없이 프랑스로 떠난다는 것이다.

"아무래도 부모님들이 현재 프랑스에 계시니 가족 일인 것 같습니다만……."

이유야 중요하지 않았다.

왜 하필 이런 민감한 시기에 또 왜 하필이면 프랑스란 말인가?

프랑스는 역사적인 동맹국이지만 미국 주도의 일극 체제를 반대하고 독자 노선을 추구하며 미국이 하는 일에는 사사건건 대립하고 견제해 온 나라였다.

더구나 혁준에 대해 가장 욕심을 부리고 있는 나라도 바로 프랑스였다.

가뜩이나 그간의 파격 행보에 모두가 촉각을 곤두세우고 있는 상황이었다.

그게 가족 문제든 뭐든 간에 혁준의 프랑스행을 순수하게 볼 사람은 아무도 없었다.

자신만 해도,

'정말 가족 문제로 가는 게 맞긴 한 건가?'

부지불식간에 그런 의심을 해버리니 말이다.

제45장

지젠느 특수경호대

하지만 미키 캔터의 의심은 괜한 것이었다.

혁준의 갑작스러운 프랑스행은 어디까지나 가족사였다.

경제특구 일로 한창 정신없이 바쁘게 지내던 어느 날,

"오빠, 나 결혼하기로 했어."

동생 수진으로부터 그렇게 연락이 온 것이다.

그래서 그에 필요한 여러 가지 것들을 상의하기 위해서 부랴부랴 부모님이 계시는 프랑스로 출발을 한 것이었다.

그런데, 전용기를 타기 위해 인천공항으로 향하고 있을 때였다.

어딘지 익숙하면서도 불쾌한 감각이 신경을 거슬리게 했다.

"저것들은 뭐야?"

짜증스레 돌아보는 그의 시야에 검은색 세단 한 대가 쫓아오고 있는 것이 보였다.

호텔에서 출발했을 때부터였다.

그사이 세 대의 차량이 순번을 바꾸긴 했지만 그 정도는 충분히 간파할 수 있는 혁준이다. 더구나 이런 경험이 처음도아니었다. 예전 현도그룹과의 일이 있고 난 후 지금과 똑같은 짓을 안기부에서도 했었다.

"그러니까 지금 나… 미행당하고 있는 거지?"

자신을 미행하고 있다.

사설탐정이나 홍신소 따위가 아니다.

오히려 지난날 그를 미행했던 안기부 요원들보다도 더 조직적이고 더 능숙했다.

'대체 어디지?'

대체 어디에 속한 자들일까?

특정할 수 없는 일이었다.

자신의 일거수일투족에 관심을 가지고 있는 나라나 기업이 한둘이 아닌 것이다.

혁준은 어떻게 할까 생각하다가 일단은 그냥 내버려 두기로 했다.

어디 쪽 사람인지 특정할 수 없는 상황이기에 차량 조회를 하려고 해도 어디에다 해야 할지 애매했다. 게다가 지금은 일단 프랑스로 가야 했다. 프랑스에서 돌아온 다음에도 이런 미행이 있다면 그때 제대로 조사해 볼 일이었다.

그렇게 조금은 찝찝한 기분을 뒤로하고 인천공항에 도착한 혁준은 곧바로 전용기를 타고 파리 르부르제 공항으로 향했다.

파리는 처음이 아니었다.

아직 기가스 컴퍼니가 미국에서 자리를 완전히 잡기 전, 아버지의 이주 문제를 매듭짓기 위해 한 번 프랑스에 온 적이 있었다.

지난번이나 지금이나 가정사로 가는 것은 마찬가지였지만 그때와 달라진 것은 사전에 프랑스에서 먼저 연락을 해왔다는 것이다.

낯간지러울 만큼 오버스럽게 환영의 뜻을 전하는 프랑스였다.

그게 그때와 지금과 달라진 그의 위상일 테지만 아무래도 국빈이니 뭐니 하면서 요란을 떨 것 같아서 일찌감치 뜻은 전했다.

"이건 어디까지나 개인 가정사로 가는 길이니까 조용히 지내고 싶네요."

그렇게 미리 못을 박아두어서인지 르부르제 공항은 조용했다.

하지만 프랑스 정부에서도 완전히 모른 척하고 있었던 것은 아니었다. 위베르 베드린 프랑스 외무장관이 직접 공항으로 그를 마중 나와 있었다.

누군가 마중을 나올 줄은 알았지만 그게 외무장관일 줄은 미처 생각을 못 한 터였다. 그만큼 프랑스에서 혁준에 대해 마음을 쓰고 있다는 의미여서 좀 으쓱하기도 하고 부담이 되기도 했다.

통역을 통해 위베르 베드린이 혁준에게 전한 말은 프랑스에 방문해 준 것을 대단한 영광으로 생각한다는 것과 계시는 동안 안전을 위해 경호단을 붙여주겠다는 것이었다.

"경호단은 괜찮습니다. 제 한 몸 건사할 힘은 있는 데다 오래 머물 것도 아니고… 이미 프랑스 정부에도 전했습니다만 이번엔 가족들과 그냥 조용히 지내고 싶군요."

괜히 번잡해지는 것도 싫고 프랑스에 신세를 지는 것도 싫다. 그래서 경호단은 정중히 사양했다.

혁준의 사양에 위베르 베드린이 난색을 표했다.

"무슈 권은 이미 일개인의 몸이 아닙니다. 세계에서 가장 큰 관심을 받고 계신 분입니다. 그런 분이 프랑스에 와서 무슨 안 좋은 사고라도 당하신다면 그건 비단 무슈 권만의 문제가 아니라 프랑스의 위신과도 직결되는 문제입니다. 그런 만큼 우리 프랑스로서는 무슈 권의 안전을 소홀히 할 수가 없습니다."

위베르 베드린이 그렇게까지 말을 하니 마냥 거절을 할 수만은 없는 혁준이다.

"그래도 너무 요란하고 번잡스러운 건 싫은데……."

"그건 걱정하지 않으셔도 됩니다. 소수의 정예 요원들이 조용히 지켜 드릴 겁니다."

그렇게 말하며 손짓을 하자 저 뒤쪽에서 검은색 정장 차림을 한 여섯 명의 사내가 혁준에게로 다가왔다.

위베르 베드린이 그들을 소개했다.

"지젠느 특수경호대 대원들입니다. 그리고 이 사람이 특경대 대장 필립 알퐁스 대위입니다."

여섯 명 중 리더로 보이는 사람이 혁준에게 손바닥을 보이며 경례를 했다.

혁준은 순간 놀라지 않을 수 없었다.

지젠느라 하면 그 유명한 프랑스 국가헌병대의 대테러 부대였다.

창설 이후 지난 25년 동안 500회가 넘는 특수 작전에서 단한 번의 실패도 없었고, 4년 전 에어프랑스 항공기 납치 사건 때는 항공기를 납치한 알제리 회교 테러리스트들을 작전 투입 단 17분 만에 전원 사살하고 인질 170명을 구출해 세계 최고라는 수식을 더욱 공고히 하기까지 했다.

더 놀라운 것은 그런 대단한 업적을 세우고 있는 지젠느임에도 불구하고 그 핵심 요원은 고작 80명밖에 되지 않는다는 것이다.

그런 곳이었다.

지젠느를 구성하고 있는 것이 대테러 특공대, 교육대, 고공침투조, 특수경호대 네 개 부대고 그중 특수경호대 대장이 직접 그를 경호하기 위해 와 있는 것이다. 혁준은 새삼스러운 눈으로 특수경호대 대장 필립 알퐁스를 살폈다.

지금까지 소위 일류라고 불리는 사설 경호원들이야 많이 보았다. 각종 무술 유단자들인 것은 물론이고 올림픽에서 금메달을 딴 격투가도 있었고 개중에는 군 특수부대 출신들도 있었다.

하지만 이 눈앞의 필립 알퐁스와 같은 눈빛과 위압감을 주는 사람은 단연코 한 번도 보지 못했다.

필립 알퐁소뿐만 아니라 그의 부하들 역시 혁준이 한 번도 느껴보지 못한 분위기를 풍기고 있었다.

'지젠느 특수경호대는 VIP만 경호한다고 하던데……'

프랑스에서 그런 지젠느까지 자신에게 붙여줄 거라고는 생각지 못한 혁준이기에 이 상황이 그저 놀랍고 신기하기만 했다.

어쨌든 이 정도 인원이라면 크게 거슬리지는 않을 것 같았다. 게다가 이렇게 만일을 대비하는 것도 나쁘지는 않을 것 같았다. 그래서 그들의 경호 지원을 흔쾌한 마음으로 받아들였다.

그렇게 혁준은 지젠느 특수경호대의 경호를 받으며 부모님이 계시는 부르고뉴의 디종으로 향했다.

부모님의 집은 대저택이었다.

칼리고 발터의 캘리언 저택에 비할 바는 아니었지만 멀리서도 한눈에 들어올 만큼 디종 최고의 저택으로 사 드렸었다.

사실 이렇게 큰 저택은 부모님들께는 오히려 편하지 않을 수도 있는 일이었지만 그래도 자식 마음이란 게 그렇다. 아들의 성공한 모습을 어떻게든 자랑하고 싶은… 그 방법으로 좋은 집 한 채 사 드리는 것만큼 확실한 것이 없는 것이다.

"경비가 꽤 삼엄하군요."

부모님의 저택 앞에 다다르자 필립 알퐁스가 날카로운 눈으로 주위를 둘러보며 능숙한 영어로 그렇게 말했다. 처음 자신을 소개할 때도 영어였기에 새삼 놀랍지는 않았다.

혁준이 수긍의 뜻으로 고개를 끄덕였다.

그도 그럴 것이 사설 경호단을 고용해 티 나지 않게 부모님들을 지키게 했고, 지금만 해도 저택 주위로 사설 경호단이 엄중하게 배리어를 치고 있었다.

"하지만 정작 위급 시에는 그다지 소용이 없는 자들입니다."

"소용이 없다구요?"

혁준이 납득 못 하겠다는 표정을 지었다.

프랑스 사설 경호 업체 중에서 최고라고 알려진 곳에서 거액의 돈을 지불하고 고용한 최고의 경호원들이었다. 혁준이 납득 못하겠다는 표정을 하자 필립 알퐁스가 덧붙였다.

"아무리 좋은 총이라도 직접 쏴봐야 반동이 어느 정도인지, 탄착군이 어디에 형성되는지, 어디에 영점을 맞춰야 하는지 알 수가 있는 법이죠. 그래야 사냥감을 맞출 수 있는 거고."

"그러니까 저들이 실전 경험이 부족하다는 겁니까?"

"냄새가 나지 않습니다. 사선을 넘어온 자들에게서만 느껴지는 그 소름 돋는 피 냄새가 말입니다. 저택의 구조를 보면, 은밀하게 경비를 하기에 최적의 숫자는 24명 정도가 될 겁니다."

정확했다. 24명씩 한 팀을 이루어 교대 근무가 이루어지고 있었다.

"지금 여기에 있는 우리 특경대 여섯이면 7분 안에 무슈 권의 부모님들을 납치해서 무슈 권께 데려올 수 있습니다."

터무니없는 일이었다.

그 말을 한 것이 다른 사람이었다면 '뻥 치시네' 하며 비웃어주었을 것이다.

하지만 지젠느 특경대 대장의 입에서 그런 말이 나오니 도무지 부정을 할 수가 없다. 아니, 지젠느니 특경대니 그런 걸다 떠나서 이 필립 알퐁소라는 사람 자체가, 그 입에서 나오는 한마디 한마디가 이미 그 무게감이 달랐다.

'뭐야 그럼? 비싼 돈 주고 고용한 경호팀이 전혀 쓸모가 없다는 거잖아?'

돈도 돈이지만 이들 경호팀만 믿고 있다가 만일 어떤 사고라도 났으면 어쩔 뻔했나 생각하니 등골이 다 오싹할 지경이었다.

"제가 굳이 이런 말씀을 드리는 건 무슈 권이 프랑스의 귀빈인 만큼 무슈 권 가족분의 안전 또한 그만큼 중요하다고 생각하기 때문입니다. 원하신다면 상부에 가족분들의 경호에 대한 부분을 말씀드려 보겠습니다."

"그럴 게 아니라, 그냥 어디 쓸 만한 경호 업체 아는 곳 없습니까? 대장님과 같은 지젠느 출신들이 하는 곳이면 좋겠는데 말입니다."

"제 직속상관이셨던 분이 하고 계시는 경호 업체가 한 곳있습니다. 지젠느뿐만 아니라 외인부대인 레종에트랑제 출신들도 대거 포진되어 있는 곳이죠."

"그게 어디죠? 당장 내일이라도 소개 좀 받을 수 있겠습니까?"

가족의 안전이 달린 일이니만큼 미적댈 일이 아니다. 혁준이 눈을 빛내며 그렇게 묻자 필립 알퐁소가 바로 대답했다.

"네. 알겠습니다. 그러도록 하죠."

필립 알퐁소의 대답에 혁준이 흡족해하며 고개를 끄덕였다. 지금 이 순간 혁준은 이미 여기에 있는 사설 경비단은 모조리 갈아 치워 버릴 결심을 하고 있었다.

'아니, 이참에 나도 경호팀이나 하나 둘까?'

자신이 가진 부와 지위를 생각하면 안전을 위해 이미 한참 전에 경호팀 정도는 데리고 다녔어야 했다. 지금까지는 자신의 신체 능력을 믿기도 했고 또 한국에서는 22경찰경호대가 경호를 맡아주고 있어 그다지 필요성을 못 느꼈을 뿐이다.

하지만 한국에서의 미행 건도 있고 또 필립 알퐁소의 말을 듣고 보니 이제는 정말 자신만의 사설 경호팀 정도는 있어야겠다는 생각이 들었다. 그런 생각을 하며 차에서 내린 혁준은 저택의 대문 앞으로 걸어갔다. 그리고 초인종을 눌렀다.

얼마 안 있어,

"어? 우리 아들!"

언제 들어도 반갑고 기분 좋은, 그러면서도 그리운 어머니의 목소리가 들려왔다.

* * *

커튼을 열고 잔 탓에 새어드는 아침 햇살에 눈이 부셔서 잠이 깬 혁준은 한껏 기지개를 켰다. 익숙하지 않은 잠자리였는데도 부모님과 같이 있다는 그 편안함 때문인지 참 달게도 잔 것 같다.

곧장 침대에서 몸을 일으켰다.

"으아아아함!"

다시 한 번 더 크게 기지개를 켜 한 줌 남은 잠마저 모조리 떨쳐 낸 그는 창문을 활짝 열어젖히고 발코니로 나갔다.

그런 그의 시야에 필립 알퐁소가 들어왔다. 필립 알퐁소는 발코니 아래 정원에서 아침 운동을 하고 있었다.

"하앗!"

무술 수련이라도 하는지 한 동작 한 동작 품새를 이어갈 때마다 연신 기합성을 토해낸다. 비전문가인 혁준이 보기에도 그런 필립 알퐁소의 동작에선 상당히 실전적이고 파괴적이고 잔인한 느낌이 났다.

가상의 적을 노려보는 그 날카로운 눈빛에선 살기 이상의 어떤 치열함과 절박함이 느껴졌다. 그걸 보고 있노라니 왠지 모르게 역하고 비릿한 냄새가 코끝을 스쳐 가는 것 같았다.

'사선을 넘어온 자들에게서만 느껴지는 소름 돋는 피 냄새라는 거… 이게 그건가?'

문득 호기심이 일었다.

혁준은 필립 알퐁소의 수련이 끝나기를 기다려 발코니에서 뛰어내렸다. 혁준의 갑작스러운 등장에도 별로 놀라는 기색이 없는 필립 알퐁소였다. 하지만 이어서 나온 혁준의 말에는 마냥 태연하지는 못했다.

"우리 한판 뜨죠?"

혁준의 말은 한국어였다.

그래서 그 말을 바로 알아듣지는 못했다. 하지만 혁준의 눈빛이나 표정, 그 태도가 무얼 의미하는지 정도는 충분히 알 수 있었다. 물론 의미를 아는 것과 이해를 하는 것은 엄연히 다른 영역이었다.

"What?"

『세상을 다 가져라』 5권에 계속…

내일을 향해 쏴라

김형석 장편 소설

FUSION FANTASTIC STORY

1만 시간의 법칙!
'성공은 1만 시간의 노력이 만든다'는 뜻이다.

그러나…
사회복지학과 복학생 수.
전공 실습으로 나간 호스피스 병동에서
미지와 조우하다.

1만 시간의 법칙?
아니, 1분의 법칙!

전무후무한 능력이 수에게 강림하다!
맨주먹 하나로 시작한 수의
인생역전이 시작된다!

Book Publishing CHUNGEORAM

유행이 아닌 자유추구 -
WWW. chungeoram.com

강준현 장편 소설

FUSION FANTASTIC STORY

개척자

Pioneer

『복수의 길』의 강준현 작가가 선보이는
2015년 특급 신작!

글로벌 기업의 총수, 준영.
갑자기 찾아온 몽유병과 알 수 없는 상황들.

"…누구냐, 넌?"
혼돈 속에서 순식간에 바뀐 그의 모든 일상.
조각 같던 몸도, 엄청난 돈도, 뛰어난 머리도 모두, 사라졌다!

스스로도 알 수 없는 낯선 대한민국의 밑바닥부터
다시 시작해야 하는 준영.

"젠장! 그래, 이렇게 산다!
대신 나중에 바꾸자고 하면 절대 안 바꿔!"

그는 과연 이 상황을 극복하고 자신의 운명을
새롭게 개척해 나갈 수 있을 것인가!

Book Publishing CHUNGEORAM

유행이 아닌 자유추구 -
WWW.chungeoram.com

글삶 장편 소설

FUSION FANTASTIC STORY

세상을 다가져라

[세상을 다 가져라]

문피아 선호작 베스트 작품 전격 출간!
현대판타지, 그 상상력의 한계를 넘어서다!

권고사직을 당한 지 2년째의 백수 권혁준.

우연히 타게 된 괴상한 발명품으로 인해
과거로 회귀한다!

그런데
과거로 온 혁준의 손에 들려 있는 것은 바로
최신형 스마트폰!

"까짓 세상, 죄다 가져 버리겠다 이거야!"

백수였던 혁준의 짜릿한 인생 역전이 시작된다!

Book Publishing CHUNGEORAM

유책이 아닌 자유추구 -
WWW. chungeoram.com

우각 新무협 판타지 소설

FANTASTIC ORIENTAL HEROES

북검전기

2014년의 대미를 장식할,
작가 우각의 신작!

『십전제』, 『환영무인』, 『파멸왕』…
그리고,

『북검전기』

무협, 그 극한의 재미를 돌파했다.

북천문의 마지막 후예, 진무원.
무너진 하늘 아래 홀로 서고, 거친 바람 아래 몸을 숨겼다.

살기 위해! 철저히 자신을 숨기고
약하기에! 잃을 수밖에 없었다.

심장이 두근거리는 강렬한 무(武)!
그 걷잡을 수 없는 매력이,
북검의 손 아래 펼쳐진다!

Book Publishing CHUNGEORAM